Horacio Quiroga

Cuentos de amor de locura y de muerte

PENGUIN BOOKS

PENGUIN BOOKS
Publicado por Penguin Group
Penguin Books USA Inc., 375 Hudson Street, New York, New York 10014, U.S.A.
Penguin Books Ltd, 27 Wrights Lane, London W8 5TZ, England
Penguin Books Australia Ltd, Ringwood, Victoria, Australia
Penguin Books Canada Ltd, 10 Alcorn Avenue, Toronto, Ontario, Canada M4V 3B2
Penguin Books (N.Z.) Ltd, 182–190 Wairau Road, Auckland 10, New Zealand

Sede registrada de Penguin Books Ltd: Harmondsworth, Middlesex, England

Publicado por primera vez 1917
Publicado por Penguin Books en 1997

3   5   7   9   10   8   6   4   2

LIBRARY OF CONGRESS CATALOGING IN PUBLICATION DATA
Quiroga, Horacio, 1878–1937.
Cuentos de amor de locura y de muerte / Horacio Quiroga.
p.   cm.
ISBN 0 14 02.6631 3
I. Title.
PQ8519.Q5C8   1997
863—dc21   96–54877

Impreso en los Estados Unidos de América
Tipo de letra: Cochin
Diseño: Jennifer Ann Daddio

Cuentos de
amor de
locura y
de muerte

Una estación de amor

Primavera

Era el martes de Carnaval. Nébel acababa de entrar en el corso, ya al obscurecer, y mientras deshacía un paquete de serpentina miró al carruaje de delante. Extrañado de una cara que no había visto en el coche la tarde anterior, preguntó a sus compañeros:

—¿Quién es? No parece fea.

—¡Un demonio! Es lindísima. Creo que sobrina o cosa así, del doctor Arrizabalaga. Llegó ayer, me parece . . .

Nébel fijó entonces atentamente los ojos en la hermosa criatura. Era una chica muy joven aún, acaso no más de catorce años, pero ya núbil. Tenía, bajo el cabello muy oscuro, un rostro de suprema blancura, de ese mate y raso que es patrimonio exclusivo de los cutis muy finos. Ojos azules, largos, perdiéndose hacia las sienes entre negras pestañas. Tal vez un poco separados, lo que da, bajo una frente tersa, aire de mucha nobleza o de gran terquedad. Pero sus ojos, tal como eran, llenaban aquel semblante en flor con la luz de su belleza. Y al sentirlos Nébel detenidos un momento en los suyos, quedó deslumbrado.

—¡Qué encanto! —murmuró quedando inmóvil con una rodilla en el almohadón del surrey. Un momento después las serpentinas volaban hacia la victoria. Ambos carruajes estaban ya enlazados por el puente colgante de papel, y la que lo ocasionaba sonreía de vez en cuando al galante muchacho.

Mas aquello llegaba ya a la falta de respeto a personas, cocheros y aun al carruaje: las serpentinas llovían sin cesar. Tanto fue, que las

1

dos personas sentadas atrás se volvieron y, bien que sonriendo, examinaron atentamente al derrochador.

— ¿Quiénes son? —preguntó Nébel en voz baja.

—El doctor Arrizabalaga . . . Cierto que no lo conoces. La otra es la madre de tu chica . . . Es cuñada del doctor.

Como en pos del examen, Arrizabalaga y la señora sonrieron francamente ante aquella exuberancia de juventud, Nébel se creyó en el deber de saludarlos; a lo que respondió el terceto con jovial condescendencia.

Éste fue el principio de un idilio que duró tres meses, y al que Nébel aportó cuanto de adoración cabía en su apasionada adolescencia. Mientras continuó el corso, y en Concordia se prolonga hasta horas increíbles, Nébel tendió incesantemente su brazo hacia adelante, tan bien, que el puño de su camisa, desprendido, bailaba sobre la mano.

Al día siguiente se reprodujo la escena; y como esta vez el corso se reanudaba de noche con batalla de flores, Nébel agotó en un cuarto de hora cuatro inmensas canastas. Arrizabalaga y la señora se reían, volviendo la cabeza a menudo, y la joven no apartaba casi sus ojos de Nébel. ¡Este echó una mirada de desesperación a sus canastas vacías. Mas sobre el almohadón del surrey quedaba aún uno, un pobre ramo de siemprevivas y jazmines del país. Nébel saltó con él por sobre la rueda del surrey, dislocóse casi un tobillo y corriendo a la victoria, jadeante, empapado en sudor y con el entusiasmo a flor de ojos, tendió el ramo a la joven. Ella buscó atolondradamente otro, pero no lo tenía. Sus acompañantes se reían.

— ¡Pero, loca! —le dijo la madre, señalándole el pecho—. ¡Ahí tienes uno!

El carruaje arrancaba al trote. Nébel, que había descendido afligido del estribo, corrió y alcanzó el ramo que la joven le tendía con el cuerpo casi fuera del coche.

Nébel había llegado tres días atrás de Buenos Aires, donde concluía su bachillerato. Había permanecido allá siete años, de modo que su conocimiento de la sociedad actual en Concordia era mínimo. Debía quedarse aún quince días en su ciudad natal, disfrutados en pleno sosiego de alma, si no de cuerpo. Y he aquí que desde el segundo día perdía toda su serenidad. Pero, en cambio, ¡qué encanto!

—¡Qué encanto! —se repetía pensando en aquel rayo de luz, flor y carne femenina que había llegado a él desde el carruaje. Se reconocía real y profundamente deslumbrado, y enamorado, desde luego.

¡Y si ella quisiera! . . . ¿Lo querría? Nébel, para dilucidarlo, confiaba mucho más que en el ramo de su pecho, en la precipitación aturdida con que la joven había buscado alga que darle. Evocaba claramente el brillo de sus ojos cuando lo vio llegar corriendo, la inquieta expectativa con que lo esperó; y en otro orden, la morbidez del joven pecho, al tenderle el ramo.

—¡Y ahora, concluido! Ella se iba al día siguiente a Montevideo. ¿Qué le importaba lo demás, Concordia, sus amigos de antes, su mismo padre? Por lo menos, iría con ella hasta Buenos Aires.

Hicieron efectivamente el viaje juntos, y durante él, Nébel llegó al más alto grado de pasión que puede alcanzar un romántico muchacho de dieciocho años que se siente querido. La madre acogió al casi infantil idilio con afable complacencia, y se reía a menudo al verlos, hablando poco, sonriendo sin cesar, y mirándose infinitamente.

La despedida fue breve, pues Nébel no quiso perder el último vestigio de cordura que le quedaba, cortando su carrera tras ella.

Ellas volverían a Concordia en el invierno, acaso una temporada. ¿Iría él? "¡Oh, no volver yo!", y mientras Nébel se alejaba despacio por el muelle, volviéndose a cada momento, ella, de pecho sobre la borda y la cabeza baja, lo seguía con los ojos, mientras en la planchada los marineros levantaban los suyos risueños a aquel idilio, y al vestido, corto aún, de la tiernísima novia.

Verano

El 13 de junio Nébel volvió a Concordia, y aunque supo desde el primer momento que Lidia estaba allí, pasó una semana sin inquietarse poco ni mucho por ella. Cuatro meses son plazo sobrado para un relámpago de pasión, y apenas si en el agua dormida de su alma, el último resplandor alcanzaba a rizar su amor propio. Sentía, sí, curiosidad de verla. Hasta que un nimio incidente, punzando su vanidad, lo arrastró de nuevo. El primer domingo, Nébel, como todo buen chico de pueblo, esperó en la esquina la salida de misa. Al fin, las últimas acaso, erguidas y mirando adelante, Lidia y su madre avanzaron por entre la fila de muchachos.

Nébel, al verla de nuevo, sintió que sus ojos se dilataban para sorber en toda su plenitud la figura bruscamente adorada. Esperó con ansia casi dolorosa el instante en que los ojos de ella, en un súbito resplandor de dichosa sorpresa, lo reconocerían entre el grupo.

Pero pasó, con su mirada fría fija adelante.

—Parece que no se acuerda más de ti —le dijo un amigo que a su lado había seguido el incidente.

—¡No mucho! —se sonrió él—. Y es lástima, porque la chica me gustaba en realidad.

Pero cuando estuvo solo se lloró a sí mismo su desgracia. ¡Y ahora que había vuelto a verla! ¡Cómo, cómo la había querido siempre, él que creía no acordarse más! ¡Y acabado! ¡Pum, pum, pum! —repetía sin darse cuenta—. !Pum! ¡Todo ha concluido!

De golpe: ¿Y si no me hubieran visto? . . . ¡Claro! ¡Pero claro! Su rostro se animó de nuevo, y acogió esta vaga probabilidad con profunda convicción.

A las tres golpeaba en casa del doctor Arrizabalaga. Su idea era elemental: consultaría con cualquier mísero pretexto al abogado y acaso la viera.

Fue allá. Una súbita carrera por el patio respondió al timbre, y Lidia, para detener el impulso, tuvo que cogerse violentamente a la puerta vidriera. Vio a Nébel, lanzó una exclamación, y ocultando con sus brazos la ligereza de su ropa, huyó más velozmente aún.

Un instante después la madre abría el consultorio, y acogía a su antiguo conocido con más viva complacencia que cuatro mesas atrás. Nébel no cabía en sí de gozo, y como la señora no parecía inquietarse por las preocupaciones jurídicas de Nébel, éste prefirió también un millón de veces su presencia a la del abogado.

Con todo, se hallaba sobre ascuas de una felicidad demasiado ardiente. Y como tenía dieciocho años, deseaba irse de una vez para gozar a solas, y sin cortedad, su inmensa dicha.

—¡Tan pronto, ya! —le dijo la señora—. Espero que tendremos el gusto de verlo otra vez . . . ¿No es verdad?

—¡Oh, sí, señora!

—En casa todos tendríamos mucho placer . . . ¡Supongo que todos! ¿Quiere que consultemos? —sonrió con maternal burla.

—¡Oh, con toda el alma! —repuso Nébel.

—¡Lidia! ¡Ven un momento! Hay aquí una persona a quien conoces.

Lidia llegó cuando él estaba ya de pie. Avanzó al encuentro de Nébel, los ojos centelleantes de dicha, y le tendió un gran ramo de violetas, con adorable torpeza.

—Si a usted no le molesta —prosiguió la madre— podría venir todos los lunes . . . ¿Qué le parece?

—¡Que es muy poco, señora! —repuso el muchacho—. Los viernes también . . . ¿Me permite?

La señora se echó a reír.

—¡Qué apurado! Yo no sé . . . Veamos qué dice Lidia. ¿Qué dices, Lidia?

La criatura, que no apartaba sus ojos rientes de Nébel, le dijo ¡sí! en pleno rostro, puesto que a él debía su respuesta.

—Muy bien: entonces hasta el lunes, Nébel.

Nébel objetó.

—¿No me permitiría venir esta noche? Hoy es un día extraordinario . . .

—¡Bueno! ¡Esta noche también! Acompáñalo, Lidia.

Pero Nébel, en loca necesidad de movimiento, se despidió allí mismo, y huyó con su ramo, cuyo cabo había deshecho casi, y con el alma proyectada al último cielo de la felicidad.

II

Durante dos meses, en todos los momentos en que se veían, en todas las horas que los separaban, Nébel y Lidia se adoraron. Para él, romántico hasta sentir el estado de dolorosa melancolía que provoca una simple garúa que agrisa el patio, la criatura aquella, con su cara angelical, sus ojos azules y su temprana plenitud, debía encarnar la suma posible de ideal. Para ella, Nébel era varonil, buen mozo e inteligente. No había en su mutuo amor más nube que la minoría de edad de Nébel. El muchacho, dejando de lado estudios, carreras y

demás superfluidades, quería casarse. Como probado, no había sino
dos cosas: que a él le era *absolutamente* imposible vivir sin Lidia, y
que llevaría por delante cuanto se opusiese a ello. Presentía —o más
bien dicho, sentía— que iba a escollar rudamente.

Su padre, en efecto, a quien había disgustado profundamente el
año que perdía Nébel, tras un amorío de carnaval, debía apuntar las
íes con terrible vigor. A fines de agosto habló un día definitivamente
a su hijo:

—Me han dicho que sigues tus visitas a casa de Arrizabalaga.
¿Es cierto? Porque tú no te dignas decirme una palabra.

Nébel vio toda la tormenta en esa forma de dignidad, y la voz le
tembló un poco al contestar:

—Si no te dije nada, papá, es porque sé que no te gusta que te
hable de eso.

—¡Bah! Como gustarme; puedes, en efecto, ahorrarte el
trabajo . . . Pero quisiera saber en qué estado estás. ¿Vas a esa casa
como novio?

—Sí.

—¿Y te reciben formalmente?

Creo que sí . . .

El padre lo miró fijamente y tamborileó sobre la mesa.

—¡Está bueno! ¡Muy bien! . . . Óyeme, porque tengo el deber
de mostrarte el camino. ¿Sabes tú bien lo que haces? ¿Has pensado
en lo que puede pasar?

—¿Pasar? . . . ¿Qué?

—Que te cases con esa muchacha. Pero fíjate: ya tienes edad
para reflexionar, al menos. ¿Sabes quién es? ¿De dónde viene?
¿Conoces a alguien que sepa qué vida lleva en Montevideo?

—¡Papá!

—¡Sí, qué hacen allá! ¡Bah! No pongas esa cara . . . No me
refiero a tu . . . novia. Ésa es una criatura, y como tal no sabe lo que
hace. Pero, ¿sabes de qué viven?

—¡No! Ni me importa, porque aunque seas mi padre . . .

—¡Bah, bah, bah! Deja eso para después. No te hablo como
padre, sino como cualquier hombre honrado pudiera hablarte. ¡Y
puesto que te indigna tanto lo que te pregunto, averigua a quien quie-

ra contarte qué clase de relaciones tiene la madre de tu novia con su cuñado, pregunta!

—¡Sí! Ya sé que ha sido . . .

—¡Ah! ¿Sabes que ha sido la querida de Arrizabalaga? ¿Y que él u otro sostienen la casa de Montevideo? ¡Y te quedas tan fresco! ¡ . . . !

—¡Sí, ya sé! ¡Tu novia no tiene nada que ver con esto, ya sé! No hay impulso más bello que el tuyo . . . Pero anda con cuidado, porque puedes llegar tarde . . . ¡No, no, cálmate! No tengo ninguna idea de ofender a tu novia, y creo, como te he dicho, que no está contaminada aún por la podredumbre que la rodea. Pero si la madre te la quiere vender en matrimonio, o más bien a la fortuna que vas a heredar cuando yo muera, dile que el viejo Nébel no está dispuesto a esos tráficos y que antes se lo llevará el diablo que consentir en ese matrimonio. Nada más quiero decirte.

El muchacho quería mucho a su padre, a pesar del carácter de éste; salió lleno de rabia por no haber podido desahogar su ira, tanto más violenta cuanto que él mismo la sabía injusta. Hacía tiempo ya que no lo ignoraba. La madre de Lidia había sido la querida de Arrizabalaga en vida de su marido, y aún cuatro o cinco años después. Se veían de tarde en tarde, pero el viejo libertino, arrebujado ahora en su artritis de solterón enfermizo, distaba mucho de ser respecto de su cuñada lo que se pretendía; y si mantenía el tren de madre e hija, lo hacía por una especie de agradecimiento de ex amante, y sobre todo para autorizar los chismes actuales que hinchaban su vanidad.

Nébel evocaba a la madre; y con un estremecimiento de muchacho loco por las mujeres casadas, recordaba cierta noche en que hojeando juntos y reclinados una *Illustration*, había creído sentir sobre sus nervios súbitamente tensos, un hondo hálito de deseo que surgía del cuerpo pleno que rozaba con él. Al levantar los ojos, Nébel había visto la mirada de ella, mareada, posarse pesadamente sobre la suya.

¿Se había equivocado? Era terriblemente histérica, pero con raras crisis explosivas; los nervios desordenados repiqueteaban hacia adentro, y de aquí la enfermiza tenacidad en un disparate y el súbito abandono de una convicción; y en los pródromos de las crisis, la obstinación creciente, convulsiva, edificándose con grandes bloques de absurdos. Abusaba de la morfina por angustiosa necesidad y por elegancia. Tenía treinta y siete años; era alta, con labios muy gruesos y encendidos que humedecía sin cesar. Sin ser grandes, sus ojos lo parecían por el corte y por tener pestañas muy largas; pero eran admirables de sombra y fuego. Se pintaba. Vestía, como la hija, con perfecto buen gusto, y era ésta, sin duda, su mayor seducción. Debía de haber tenido, como mujer, profundo encanto; ahora la histeria había trabajado mucho su cuerpo —siendo desde luego, enferma del vientre—. Cuando el latigazo de la morfina pasaba, sus ojos se empañaban, y de la comisura de los labios, del párpado globoso, pendía una fina redecilla de arrugas. Pero a pesar de ello, la misma histeria que le deshacía los nervios era el alimento, un poco mágico, que sostenía su tonicidad.

Quería entrañablemente a Lidia; y con lo mortal de las burguesas histéricas, hubiera envilecido a su hija para hacerla feliz —esto es, para proporcionarle aquello que habría hecho su propia felicidad.

Así, la inquietud del padre de Nébel a este respecto tocaba a su hijo en lo más hondo de sus cuerdas de amante. ¿Cómo había escapado Lidia? Porque la limpidez de su cutis, la franqueza de su pasión de chica que surgía con adorable libertad de sus ojos brillantes, eran, ya no prueba de pureza, sino de escalón de noble gozo por el que Nébel ascendía triunfal a arrancar de una manotada a la planta podrida la flor que pedía por él.

Esta convicción era tan intensa, que Nébel jamás la había besado. Una tarde, después de almorzar, en que pasaba por lo de Arrizabalaga, había sentido loco deseo de verla. Su dicha fue completa, pues la halló sola, en batón, y los rizos sobre las mejillas. Como Nébel la retuvo contra la pared, ella, riendo y cortada, se recostó en el muro. Y el muchacho, a su frente, tocándola casi, sintió en sus manos inertes la alta felicidad de un amor inmaculado, que tan fácil le habría sido manchar.

¡Pero luego, una vez su mujer! Nébel precipitaba cuanto le era posible su casamiento. Su habilitación de edad, obtenida en esos días, le permitía por su legítima materna afrontar los gastos. Quedaba el consentimiento del padre, y la madre apremiaba este detalle.

La situación de ella, sobrado equívoca en Concordia, exigía una sanción social que debía comenzar, desde luego, por la del futuro suegro de su hija. Y sobré todo, la sostenía el deseo de humillar, de forzar a la moral burguesa, a doblar las rodillas ante la misma inconveniencia que despreció.

Ya varias veces había tocado el punto con su futuro yerno, con alusiones a "mi suegro" . . . "mi nueva familia" . . . "la cuñada de mi hija". Nébel se callaba, y los ojos de la madre brillaban entonces con más fuego.

Hasta que un día la llama se levantó. Nébel había fijado el 18 de octubre para su casamiento. Faltaba más de un mes aún, pero la madre hizo entender claramente al muchacho que quería la presencia de su padre esa noche.

—Será difícil —dijo Nébel después de un mortificante silencio—. Le cuesta mucho salir de noche . . . No sale nunca.

—¡Ah! —exclamó sólo la madre, mordiéndose rápidamente el labio. Otra pausa siguió, pero ésta ya de presagio.

—Porque usted no hace un casamiento clandestino ¿verdad?

—¡Oh! —se sonrió difícilmente Nébel—. Mi padre tampoco lo cree.

¿Y entonces?

Nuevo silencio cada vez más tempestuoso.

—¿Es por mí que su señor padre no quiere asistir?

—¡No, no señora! —exclamó al fin Nébel, impaciente—. Está en su modo de ser . . . Hablaré de nuevo con él, si quiere.

—¿Yo, querer? —se sonrió la madre dilatando las narices—. Haga lo que le parezca . . . ¿Quiere irse, Nébel, ahora? No estoy bien.

Nébel salió, profundamente disgustado. ¿Qué iba a decir a su padre? Éste sostenía siempre su rotunda oposición a tal matrimonio, y ya el hijo había emprendido las gestiones para prescindir de ella.

—Puedes hacer eso y todo lo que te dé la gana. Pero mi consentimiento para que esa entretenida sea tu suegra, ¡jamás!

Después de tres días, Nébel decidió concluir de una vez con ese estado de cosas, y aprovechó para ello un momento en que Lidia no estaba.

—Hablé con mi padre —comenzó Nébel—y me ha dicho que le será completamente imposible asistir.

La madre se puso un poco pálida, mientras sus ojos, en un súbito fulgor, se estiraban hada las sienes.

—¡Ah! ¿Y por qué?

—No sé —reposo con voz sorda Nébel.

—Es decir . . . que su señor padre teme mancharse si pone los pies aquí.

—¡No sé! —repitió él, obstinado a su vez.

—¿Es que es una ofensa gratuita la que nos hace ese señor? ¿Qué se ha figurado? —añadió con voz ya alterada y los labios temblantes—. ¿Quién es él, para darse ese tono?

Nébel sintió entonces el fustazo de reacción en la cepa profunda de su familia.

—¡Qué es, no sé! —repuso con voz precipitada a su vez—. Pero no sólo se niega a asistir, sino que tampoco da su consentimiento.

—¿Qué? ¿Que se niega? ¿Y por qué? ¿Quién es él? ¡El más autorizado para esto!

Nébel se levantó:

—Usted no . . .

Pero ella se había levantado también.

—¡Sí, sí! ¡Usted es una criatura! ¡Pregúntele de dónde ha sacado su fortuna, robada a sus clientes! ¡Y con esos aires! ¡Su familia irreprochable, sin mancha, se llena la boca con eso! ¡Su familia! . . . ¡Dígale que le diga cuántas paredes tenía que saltar para ir a dormir con su mujer, antes de casarse! ¡Sí, y me viene con su familia! . . . ¡Muy bien, váyase; estoy hasta aquí de hipocresías! ¡Que lo pase bien!

III

Nébel vivió cuatro días en la más honda desesperación. ¿Qué podía esperar después de lo sucedido? Al quinto, y al anochecer, recibió una esquela:

Octavio: Lidia está bastante enferma, y sólo su presencia podría calmarla.

María S. de Arrizabalaga

Era una treta, no ofrecía duda. Pero si su Lidia en verdad ...

Fue esa noche y la madre lo recibió con una discreción que asombró a Nébel; sin afabilidad excesiva, ni aire tampoco de pecadora que pide disculpas.

—Si quiere verla ...

Nébel entró con la madre, y vio a su amor adorado en la cama, el rostro con esa frescura sin polvos que dan únicamente los catorce años, y las piernas recogidas.

Se sentó a su lado, y en balde la madre esperó a que se dijeran algo; no hacían sino mirarse y sonreír.

De pronto Nébel sintió que estaban solos, y la imagen de la madre surgió nítida: "Se va para que en el transporte de mi amor reconquistado pierda la cabeza, y el matrimonio sea así forzoso". Pero en ese cuarto de hora de goce final que le ofrecían adelantado a costa de un pagaré de casamiento, el muchacho de dieciocho años sintió —como otra vez contra la pared— el placer sin la más leve mancha, de un amor puro en toda su aureola de poético idilio.

Sólo Nébel pudo decir cuán grande fue su dicha recuperada en pos del naufragio. Él también olvidaba lo que fuera en la madre explosión de calumnia, ansia rabiosa de insultar a los que no lo merecen. Pero tenía la más fría decisión de apartar a la madre de su vida, una vez casados. El recuerdo de su tierna novia pura y riente en la cama, de la que se había destendido una punta para él, encendía la promesa de una voluptuosidad íntegra, a la que no había robado prematuramente el más pequeño diamante.

A la noche siguiente, al llegar a casa de Arrizabalaga, Nébel halló el zaguán oscuro. Después de largo rato la sirvienta entreabrió la ventana.

—¿Han salido? —preguntó él, extrañado.

—No, se van a Montevideo ... Han ido al Salto a dormir a bordo.

—¡Ah! —murmuró Nébel, aterrado. Tenía una esperanza aún.

—¿El doctor? ¿Puedo hablar con él?

—No está; se ha ido al club, después de comer ...

Una vez en la calle oscura, Nébel levantó y dejó caer los brazos con mortal desaliento. ¡Se acabó todo! ¡Su felicidad, su dicha reconquistada un día antes, perdida de nuevo y para siempre! Presentía que esta vez no había redención posible. Los nervios de la madre habían saltado a la loca, como teclas, y él no podía ya hacer más.

Caminó hasta la esquina, y desde allí, inmóvil bajo el farol, contempló con estúpida fijeza la casa rosada. Dio una vuelta a la manzana, y tornó a detenerse bajo el farol. ¡Nunca, nunca más!

Hasta las once y media hizo lo mismo. Al fin se fue a su casa y cargó el revólver. Pero un recuerdo lo detuvo: meses atrás había prometido a un dibujante alemán que antes de suicidarse un día —Nébel era adolescente—, iría a verlo. Uníalo con el viejo militar de Guillermo una viva amistad, cimentada sobre largas charlas filosóficas.

A la mañana siguiente, muy temprano, Nébel llamaba al pobre cuarto de aquél. La expresión de su rostro era sobradamente explícita.

—¿Es ahora? —le preguntó el paternal amigo, estrechándole con fuerza la mano.

—¡Pst! ¡De todos modos! . . . —repuso el muchacho, mirando a otro lado.

El dibujante, con gran calma, le contó entonces su propio drama de amor.

—Vaya a su casa —concluyó— y si a las once no ha cambiado de idea, vuelva a almorzar conmigo, si es que tenemos qué. Después hará lo que quiera. ¿Me lo jura?

—Se lo juro —contestó Nébel, devolviéndole su estrecho apretón con grandes ganas de llorar.

En su casa lo esperaba una tarjeta de Lidia:

Idolatrado Octavio: mi desesperación no puede ser más grande; pero mamá ha visto que si me casaba con usted, me estaban reservados grandes dolores; he comprendido, como ella, que lo mejor era separarnos, y le juro no olvidarlo nunca.

Su Lidia

—¡Ah, tenía que ser así! —exclamó el muchacho, viendo al mismo tiempo con espanto su rostro demudado en el espejo. ¡La madre era quien había inspirado la carta, ella y su maldita locura! Lidia no había podido menos que escribir, y la pobre chica, trastornada lloraba todo su amor en la redacción—. ¡Ah! ¡Si pudiera verla algún día, decirle de qué modo la he querido, cuánto la quiero ahora, adorada de mi alma! . . .

Temblando fue hasta el velador y cogió el revólver; pero recordó su nueva promesa, y durante un larguísimo tiempo permaneció allí de pie, limpiando obstinadamente con la uña una mancha del tambor.

Otoño

Una tarde en Buenos Aires, acababa Nébel de subir al tranvía, cuando el coche se detuvo un momento más del conveniente, y Nébel, que leía, volvió al fin la cabeza. Una mujer, con lento y difícil paso, avanzaba entre los asientos. Tras una rápida ojeada a la incómoda persona, Nébel reanudó la lectura. La dama se sentó a su lado, y al hacerlo miró atentamente a su vecino. Nébel, aunque sentía de vez en cuando la mirada extranjera posada sobre él, prosiguió su lectura; pero al fin se cansó y levantó el rostro extrañado:

—Ya me parecía que era usted —exclamó la dama—, aunque dudaba aún . . . No me recuerda, ¿no es cierto?

—Sí —repuso Nébel, abriendo los ojos—. La señora de Arrizabalaga. . .

Ella vio la sorpresa de Nébel, y sonrió con aire de vieja cortesana, que trata aún de parecer bien a un muchacho.

De ella —cuando Nébel la había conocido once años atrás —sólo quedaban los ojos, aunque muy hundidos, y ya apagados. El cutis amarillo, con tonos verdosos en las sombras, se resquebrajaba en polvorientos surcos. Los pómulos saltaban ahora, y los labios, siempre gruesos, pretendían ocultar una dentadura del todo cariada. Bajo el cuerpo demacrado se veía viva a la morfina corriendo por entre los nervios agotados y las arterias acuosas, hasta haber convertido en aquel esqueleto a la elegante mujer que un día hojeó la *Illustration* a su lado.

—Sí, estoy muy envejecida . . . y enferma; he tenido ya ataques a los riñones. . . Y usted —añadió mirándolo con ternura—, ¡siempre igual! Verdad es que no tiene treinta años aún . . . Lidia también está igual.

Nébel levantó los ojos.

—¿Soltera?

—Sí . . . ¡Cuánto se alegrará cuando le cuente! ¿Por qué no le da ese gusto a la pobre? ¿No quiere ir a vernos?

—Con mucho gusto . . . —murmuró Nébel.

—Sí, vaya pronto; ya sabe lo que hemos sido para usted . . . En fin, Boedo 1483, departamento 14 . . . Nuestra posición es tan mezquina . . .

—¡Oh! —protestó él, levantándose para irse. Prometió ir muy pronto.

Doce días después Nébel debía volver al ingenio, y antes quiso cumplir su promesa. Fue allá —un miserable departamento de arrabal—. La señora de Arrizabalaga lo recibió, mientras Lidia se arreglaba un poco.

—¡Conque once años! —observó de nuevo la madre—. ¡Cómo pasa el tiempo! ¡Y usted que podría tener una infinidad de hijos con Lidia!

—Seguramente —sonrió Nébel, mirando a su rededor.

—¡Oh! ¡No estamos muy bien! Y sobre todo cómo debe de estar puesta su casa . . . Siempre oigo hablar de sus cañaverales . . . ¿Es ése su único establecimiento?

—Sí . . . En Entre Ríos también . . .

—¡Qué feliz! Si pudiera uno . . . ¡Siempre deseando ir a pasar unos meses en el campo, y siempre con el deseo!

Se calló, echando una fugaz mirada a Nébel. Éste, con el corazón apretado, revivía nítidas las impresiones enterradas once años en su alma.

—Y todo esto por falta de relaciones . . . ¡Es tan difícil tener un amigo en esas condiciones!

El corazón de Nébel se contraía cada vez más, y Lidia entró.

Ella estaba también muy cambiada, porque el encanto de un candor y una frescura de los catorce años no se vuelve a hallar más en la mujer de veintiséis. Pero bella siempre. Su olfato masculino sintió en su cuello mórbido, en la mansa tranquilidad de su mirada, y en todo lo indefinible que denuncia al hombre el amor ya gozado, que debía guardar velado para siempre el recuerdo de la Lidia que conoció.

Hablaron de cosas muy triviales, con perfecta discreción de personas maduras. Cuando ella salió de nuevo un momento, la madre reanudó:

—Sí, está un poco débil . . . Y cuando pienso que en el campo se repondría en seguida . . . Vea, Octavio: ¿me permite ser franca con usted? Ya sabe que lo he querido como a un hijo . . . ¿No podríamos pasar una temporada en su establecimiento? ¡Cuánto bien le haría a Lidia!

—Soy casado —repuso Nébel.

La señora tuvo un gesto de viva contrariedad, y por un instante su decepción fue sincera; pero en seguida cruzó sus manos cómicas:

—¡Casado, usted! ¡Oh, qué desgracia, qué desgracia! ¡Perdóneme, ya sabe! . . . No sé lo que digo. . . ¿Y su señora vive con usted en el ingenio?

—Sí, generalmente . . . Ahora está en Europa.

—¡Que desgracia! Es decir . . . ¡Octavio! —añadió abriendo los brazos y con lágrimas en los ojos—. A usted le puedo contar, usted ha sido casi mi hijo . . . ¡Estamos poco menos que en la miseria! ¿Por qué no quiere que vaya con Lidia? Voy a tener con usted una confesión de madre —concluyó con una pastosa sonrisa y bajando la voz—: Usted conoce bien el corazón de Lidia, ¿no es cierto?

Esperó respuesta; pero Nébel permanecía callado.

—¡Sí, usted la conoce! Y ¿cree que Lidia es mujer capaz de olvidar cuando ha querido?

Ahora había reforzado su insinuación con una lenta guiñada. Nébel valoró entonces de golpe el abismo en que pudo haber caído antes. Era siempre la misma madre; pero ya envilecida por su propia alma vieja, la morfina y la pobreza. Y Lidia . . . Al verla otra vez había sentido un brusco golpe de deseo por la mujer actual de garganta llena y ya estremecida. Ante el tratado comercial que le ofrecían, se echó en brazos de aquella rara conquista que le deparaba el destino.

—¿No sabes, Lidia? —prorrumpió la madre alborozada, al volver su hija—. Octavio nos invita a pasar una temporada en su establecimiento. ¿Qué te parece?

Lidia tuvo una fugitiva contracción de cejas y recuperó su serenidad.

—Muy bien, mamá . . .

—¡Ah! ¿No sabes lo que dice? Está casado. ¡Tan joven aún! Somos casi de su familia . . .

Lidia volvió entonces los ojos a Nébel, y lo miró un momento con dolorosa gravedad.

—¿Hace tiempo? —murmuró.

—Cuatro años —repuso él en voz baja. A pesar de todo, le faltó ánimo para mirarla.

Invierno

No hicieron el viaje juntos, por un último escrúpulo de Nébel en una línea donde era muy conocido; pero al salir de la estación, subieron todos en el *brec* de la casa. Cuando Nébel quedaba solo en el ingenio, no guardaba a su servicio doméstico más que a una vieja india, pues —a más de su propia frugalidad— su mujer se llevaba consigo toda la servidumbre. De este modo presentó a sus acompañantes a la fiel nativa como una tía anciana y su hija, que venían a recobrar la salud perdida.

Nada más creíble, por otro lado, pues la señora decaía vertiginosamente. Había llegado deshecha, el pie incierto y pesadísimo, y en sus facies angustiosas la morfina, que había sacrificado cuatro horas seguidas a ruego de Nébel, pedía a gritos una corrida por dentro de aquel cadáver viviente.

Nébel, que cortara sus estudios a la muerte de su padre, sabía lo suficiente para prever una rápida catástrofe; el riñón, íntimamente atacado, tenía a veces paros peligrosos, que la morfina no hacía sino precipitar.

Ya en el coche, no pudiendo resistir más, la dama había mirado a Nébel con transida angustia:

—Si me permite, Octavio . . . ¡No puedo más! Lidia, ponte delante.

La hija, tranquilamente, ocultó un poco a su madre y Nébel oyó el crujido de la ropa violentamente recogida para pinchar el muslo.

Los ojos se encendieron, y una plenitud de vida cubrió como una máscara aquella cara agónica.

—Ahora estoy bien . . . ¡Qué dicha! Me siento bien.

—Debería dejar eso —dijo duramente Nébel, mirándola de costado—. Al llegar, estará peor.

—¡Oh, no! Antes morir aquí mismo.

Nébel pasó todo el día disgustado, y decidido a vivir cuanto le fuera posible sin ver en Lidia y su madre más que dos pobres enfermas. Pero al caer la tarde, y a ejemplo de las fieras que empiezan a esa hora a afilar las garras, el celo de varón comenzó a relajarle la cintura en lasos escalofríos.

Comieron temprano, pares la madre, quebrantada, deseaba acostarse de una vez. No hubo tampoco medio de que tomara exclusivamente leche.

—¡Huy! ¡Qué repugnancia! No la puedo pasar. ¿Y quiere que sacrifique los últimos años de mi vida, ahora que podría morir contenta?

Lidia no pestañeó. Había hablado con Nébel pocas palabras, y sólo al fin del café la mirada de éste se clavó en la de ella; pero Lidia bajó la suya en seguida.

Cuatro horas después Nébel abría sin ruido la puerta del cuarto de Lidia.

—¡Quién es! —sonó de pronto la voz azorada.

—Soy yo —murmuró apenas Nébel.

Un movimiento de ropas, como el de una persona que se sienta bruscamente en la cama, siguió a sus palabras, y el silencio reinó de nuevo. Pero cuando la mano de Nébel tocó en la oscuridad un brazo fresco, el cuerpo tembló entonces en una honda sacudida.

Luego, inerte al lado de aquella mujer, que ya había conocido el amor antes que él llegara, subió de lo más recóndito del alma de Nébel el santo orgullo de su adolescencia de no haber tocado jamás, de no haber robado ni un beso siquiera, a la criatura que lo miraba con radiante candor. Pensó en las palabras de Dostoievsky, que hasta ese momento no había comprendido: "Nada hay más bello y que fortalezca más en la vida que un recuerdo puro." Nébel lo había guardado, ese recuerdo sin mancha, pureza inmaculada de sus dieciocho años, y que ahora yacía allí, enfangado hasta el cáliz, sobre una cama de sirvienta.

Sintió entonces sobre su cuello dos lágrimas pesadas, silenciosas. Ella a su vez recordaría . . . Y las lágrimas de Lidia continuaban una tras otra, regando, como una tumba, abominable fin de su único sueño de felicidad.

IV

Durante diez días la vida prosiguió en común aunque Nébel estaba casi todo el día afuera. Por tácito acuerdo, Lidia y él se encontraban muy pocas veces solos; y aunque de noche volvían a verse, pasaban aún entonces largo tiempo callados.

Lidia misma tenía bastante que hacer cuidando a su madre, postrada al fin. Como no había posibilidad de reconstruir lo ya podrido, y aun a trueque del peligro inmediato que ocasionara. Nébel pensó en suprimir la morfina. Pero se abstuvo una mañana que, entrando bruscamente en el comedor, sorprendió a Lidia que se bajaba precipitadamente las faldas. Tenía en la mano la jeringuilla, y fijó en Nébel su mirada espantada.

—¿Hace mucho tiempo que usas eso? —le preguntó él al fin.

—Sí —murmuró Lidia, doblando en una convulsión la aguja.

Nébel la miró aún y se encogió de hombros.

Sin embargo, como la madre repetía sus inyecciones con una frecuencia terrible para ahogar los dolores de su riñón, que la morfina concluía de matar, Nébel se decidió a intentar la salvación de aquella desgraciada, substrayéndole la droga.

—¡Octavio! ¡Me va a matar! —clamó ella con ronca súplica—. ¡Mi hijo Octavio! ¡No podría vivir un día!

—¡Es que no vivirá dos horas si les dejo eso! —contestó Nébel.

—¡No importa, mi Octavio! ¡Dame, dame la morfina!

Nébel dejó que los brazos se tendieran a él inútilmente, y salió con Lidia.

—¿Tú sabes la gravedad del estado de tu madre?

—Sí . . . los médicos me habían dicho . . .

Él la miró fijamente.

—Es que está mucho peor de lo que imaginas.

Lidia se puso blanca, y mirando afuera, ahogó un sollozo mordiéndose los labios.

—¿No hay médico aquí? —murmuró.

—Aquí no, ni en diez leguas a la redonda; pero buscaremos.

Esa tarde llegó el correo cuando estaban solos en el comedor, y Nébel abrió una carta.

—¿Noticias? —preguntó Lidia inquieta, levantando los ojos a él.

—Sí —repuso Nébel, prosiguiendo la lectura.

—¿Del médico? —volvió Lidia al rato, más ansiosa aún.

—No, de mi mujer —repuso él con la voz dura, sin levantar los ojos.

A las diez de la noche, Lidia llegó corriendo a la pieza de Nébel.

—¡Octavio! ¡Mamá se muere! . . .

Corrieron al cuarto de la enferma. Una intensa palidez cadaverizaba ya el rostro. Tenía los labios desmesuradamente hinchados y azules, y por entre ellos se escapaba un remedo de palabras, gutural y a boca llena:

—Pla . . . pla . . . pla . . .

Nébel vio en seguida sobre el velador el frasco de morfina, casi vacío.

—¡Es claro, se muere! ¿Quién le ha dado esto? —preguntó.

—¡No sé; Octavio! Hace un rato sentí ruido . . . Seguramente lo fue a buscar a tu cuarto cuando no estabas . . . ¡Mama, pobre mamá! —cayó sollozando sobre el miserable brazo que pendía hasta el piso.

Nébel la pulsó; el corazón no daba más, y la temperatura caía. Al rato los labios callaron su pla . . . pla, y en la piel aparecieron grandes manchas violetas.

A la una de la mañana murió. Esa tarde, tras el entierro, Nébel esperó que Lidia concluyera de vestirse mientras los peones cargaban las valijas en el carruaje.

—Toma esto —le dijo cuando ella estuvo a su lado, tendiéndole un cheque de diez mil pesos.

Lidia se estremeció violentamente, y sus ojos, enrojecidos, se fijaron de lleno en los de Nébel. Pero él sostuvo la mirada.

—¡Toma, pues! —repitió sorprendido.

Lidia lo tomó y se bajó a recoger su valijita. Nébel entonces se inclinó sobre ella.

—Perdóname —le dijo—. No me juzgues peor de lo que soy.

En la estación esperaron un rato y sin hablar, junto a la escalerilla del vagón, pues el tren no salía aún. Cuando la campana sonó, Lidia le tendió la mano, que Nébel retuvo un momento en silencio. Luego, sin soltarla, recogió a Lidia de la cintura y la besó hondamente en la boca.

El tren partió. Inmóvil. Nébel siguió con la vista la ventanilla que se perdía.

Pero Lidia no se asomó.

El solitario

Kassim era un hombre enfermizo, joyero de profesión, bien que no tuviera tienda establecida. Trabajaba para las grandes casas, siendo su especialidad el montaje de piedras preciosas. Pocas manos como las suyas para los engarces delicados. Con más arranque y habilidad comercial, hubiera sido rico. Pero a los treinta y cinco años proseguía en su pieza, aderezada en taller bajo la ventana.

Kassim, de cuerpo mezquino, rostro exangüe sombreado por rala barba negra, tenía una mujer hermosa y fuertemente apasionada. La joven, de origen callejero, había aspirado con su hermosura a un más alto enlace. Esperó hasta los veinte años, provocando a los hombres, y a sus vecinas con su cuerpo. Temerosa al fin, aceptó nerviosamente a Kassim.

No más sueños de lujo, sin embargo. Su marido, hábil —artista aún—, carecía completamente de carácter para hacer una fortuna. Por lo cual, mientras el joyero trabajaba doblado sobre sus pinzas, ella, de codos, sostenía sobre su marido una lenta y pesada mirada, para arrancarse luego bruscamente y seguir con la vista tras los vidrios al transeúnte de posición que podía haber sido su marido.

Cuanto ganaba Kassim, no obstante, era para ella. Los domingos trabajaba también a fin de poderle ofrecer un suplemento. Cuando María deseaba una joya — ¡y con cuánta pasión deseaba ella! — trabajaba de noche. Después había tos y puntadas al costado; pero María tenía sus chispas de brillante. Poco a poco el trato diario con las gemas llegó a hacerle amar la tarea del artífice, y seguía con ardor las íntimas delicadezas del engarce. Pero cuando la joya estaba concluida —debía partir, no era para ella— caía más hondamente en la decepción de su matrimonio. Se probaba la alhaja, deteniéndose ante el espejo. Al fin la dejaba por ahí, y se iba a su cuarto. Kassim se levantaba a oír sus sollozos, y la hallaba en la cama, sin querer escucharlo.

—Hago, sin embargo, cuanto puedo por ti—decía él al fin tristemente.

Los sollozos subían con esto, y el joyero se reinstalaba lentamente en su banco.

Esas cosas se repitieron tanto que Kassim no se levantaba ya a consolarla. ¡Consolarla! ¿De qué? Lo cual no obstaba para que Kassim prolongara más sus veladas a fin de un mayor suplemento.

Era un hombre indeciso, irresoluto y callado. Las miradas de su mujer se detenían ahora con más pesada fijeza sobre aquella muda tranquilidad.

—¡Y eres un hombre, tú! —murmuraba.

Kassim, sobre sus engarces, no cesaba de mover los dedos.

—No eres feliz conmigo, María —expresaba al rato.

—¡Feliz! ¡Y tienes el valor de decirlo! ¿Quién puede ser feliz contigo? . . . ¡No la última de las mujeres! . . . ¡Pobre diablo! —concluía con risa nerviosa, yéndose.

Kassim trabajaba esa noche hasta las tres de la mañana, y su mujer tenía luego nuevas chispas que ella consideraba un instante con los labios apretados.

—Sí . . . ¡no es una diadema sorprendente! . . . ¿cuándo la hiciste?

—Desde el martes —mirábala él con descolorida ternura—; mientras dormías, de noche . . .

—¡Oh, podías haberte acostado! . . . ¡Inmensos, los brillantes!

Porque su pasión eran las voluminosas piedras que Kassim montaba. Seguía el trabajo con loca hambre de que concluyera de una vez y apenas aderezada la alhaja, corría con ella al espejo. Luego, un ataque de sollozos:

—¡Todos, cualquier marido, el último, haría un sacrificio para halagar a su mujer! Y tú . . . y tú . . . ¡ni un miserable vestido que ponerme, tengo!

Cuando se franquea cierto límite de respeto al varón, la mujer puede llegar a decir a su marido cosas increíbles.

La mujer de Kassim franqueó ese límite con una pasión igual por lo menos a la que sentía por los brillantes. Una tarde, al guardar sus joyas, Kassim notó la falta de un prendedor —cinco mil pesos en dos solitarios. Buscó en sus cajones de nuevo.

—¿No has visto el prendedor, María? Lo dejé aquí.

—Sí, lo he visto.

—¿Dónde está? —se volvió extrañado.

—¡Aquí!

Su mujer, los ojos encendidos y la boca burlona, se erguía con el prendedor puesto.

—Te queda muy bien —dijo Kassim al rato—. Guardémoslo.

María se rió.

—¡Oh, no!, es mío.

—¿Broma? . . .

—¡Sí, es broma! ¡Es broma, sí! ¡Cómo te duele pensar que podría ser mío! . . . Mañana te lo doy. Hoy voy al teatro con él.

Kassim se demudó.

—Haces mal . . . podrían verte. Perderían toda confianza en mí.

—¡Oh! —cerró ella con rabioso fastidio, golpeando violentamente la puerta.

Vuelta del teatro, colocó la joya sobre el velador. Kassim se levantó y la guardó en su taller bajo llave. Al volver, su mujer estaba sentada en la cama.

—¡Es decir, que temes que te la robe! ¡Que soy una ladrona!

—No mires así . . . Has sido imprudente nada más.

—¡Ah! ¡Y a ti te la confían! ¡A ti, a ti! ¡Y cuando tu mujer te pide un poco de halago, y quiere . . . me llamas ladrona a mí! ¡Infame!

Se durmió al fin. Pero Kassim no durmió.

Entregaron luego a Kassim para montar, un solitario, el brillante más admirable que hubiera pasado por sus manos.

—Mira, María, qué piedra. No he visto otra igual.

Su mujer no dijo nada; pero Kassim la sintió respirar hondamente sobre el solitario.

—Un agua admirable . . . —prosiguió él—; costará nueve o diez mil pesos.

—¡Un anillo! —murmuró María al fin.

—No, es de hombres . . . un alfiler.

A compás del montaje del solitario, Kassim recibió sobre su espalda trabajadora cuanto ardía de rencor y cocotaje frustrado en su mujer. Diez veces por día interrumpía a su marido para ir con el brillante ante el espejo. Después se lo probaba con diferentes vestidos.

—Si quieres hacerlo después . . . —se atrevió Kassim un día—. Es un trabajo urgente.

Esperó respuesta en vano; su mujer abría el balcón.

—¡María, te pueden ver!

—¡Toma! ¡Ahí está tu piedra!

El solitario, violentamente arrancado, rodó por el piso.

Kassim, lívido, lo recogió examinándolo, y alzó luego desde el suelo la mirada a su mujer.

—Y bueno, ¿por qué me miras así? ¿Se hizo algo tu piedra?

—No —repuso Kassim. Y reanudó en seguida su tarea, aunque las manos le temblaban hasta dar lástima.

Tuvo que levantarse al fin a ver a su mujer en el dormitorio, en plena crisis de nervios. La cabellera se había soltado y los ojos le salían de las órbitas.

—¡Dame el brillante! —clamó—. ¡Dámelo! ¡Nos escaparemos! ¡Para mí! ¡Dámelo!

—María . . . —tartamudeó Kassim, tratando de desasirse.

—¡Ah! —rugió su mujer, enloquecida—. ¡Tú eres el ladrón, el miserable! ¡Me has robado mi vida, ladrón, ladrón! ¡Y creías que no me iba a desquitar. . . cornudo! ¡Ajá! —y se llevó las dos manos a la garganta ahogada. Pero cuando Kassim se iba, saltó de la cama y cayó, alcanzando a cogerlo de un botín.

—¡No importa! ¡El brillante, dámelo! ¡No quiero más que eso! ¡Es mío, Kassim, miserable!

Kassim la ayudó a levantarse, lívido.

—Estás enferma, María. Después hablaremos . . . acuéstate.

—¡Mi brillante!

—Bueno, veremos si es posible . . . acuéstate.

—Dámelo.

La crisis de nervios retornó.

Kassim volvió a trabajar en su solitario. Como sus manos tenían una seguridad matemática, faltaban pocas horas ya para concluirlo.

María se levantó a comer, y Kassim tuvo la solicitud de siempre con ella. Al final de la cena su mujer lo miró de frente.

—Es mentira, Kassim —dijo.

—¡Oh! —repuso Kassim, sonriendo— no es nada.

—¡Te juro que es mentira! —insistió ella.

Kassim sonrió de nuevo, tocándole con torpe caricia la mano y se levantó para proseguir su tarea. Su mujer con la cara entre las manos, lo siguió con la vista.

—Ya no me dices más que eso . . . —murmuró. Y con una honda náusea por aquello pegajoso, fofo e inerte que era su marido, se fue a su cuarto.

No durmió bien. Despertó, tarde ya, y vio luz en el taller; su marido continuaba trabajando. Una hora después Kassim oyó un alarido.

—¡Dámelo!

—Sí, es para ti; falta poco, María —repuso presuroso, levantándose. Pero su mujer, tras ese grito de pesadilla, dormía de nuevo.

A las dos de la mañana Kassim pudo dar por terminada su tarea; el brillante resplandecía firme y varonil en su engarce. Con paso silencioso fue al dormitorio y encendió la veladora. María dormía de espaldas, en la blancura helada de su camisón y de la sábana.

Fue al taller y volvió de nuevo. Contempló un rato el seno casi descubierto y con una descolorida sonrisa apartó un poco más el camisón desprendido.

Su mujer no lo sintió.

No había mucha luz. El rostro de Kassim adquirió de pronto una dureza de piedra y suspendiendo un instante la joya a flor del seno desnudo, hundió firme y perpendicular como un clavo el alfiler entero en el corazón de su mujer.

Hubo una brusca apertura de ojos, seguida de una lenta caída de párpados. Los dedos se arquearon y nada más.

La joya, sacudida por la convulsión del ganglio herido, tembló un instante desequilibrada. Kassim esperó un momento; y cuando el solitario quedó por fin perfectamente inmóvil, se retiró, cerrando tras de sí la puerta sin hacer ruido.

La muerte de Isolda

Concluía el primer acto de *Tristán e Isolda*. Cansado de la agitación de ese día, me quedé en mi butaca, muy contento de mi soledad. Volví la cabeza a la sala, y detuve en seguida los ojos en un palco bajo.

Evidentemente, un matrimonio. Él, un marido cualquiera, y tal vez por su mercantil vulgaridad y la diferencia de años con su mujer, menos que cualquiera. Ella, joven, pálida, con una de esas profundas bellezas que más que en el rostro —aún bien hermoso—, están en la perfecta solidaridad de mirada, boca, cuello, modo de entrecerrar los ojos. Era, sobre todo, una belleza para hombres, sin ser en lo más mínimo provocativa; y esto es precisamente lo que no entenderán nunca las mujeres.

La miré largo rato a ojos descubiertos porque la veía muy bien, y porque cuando el hombre está así en tensión de aspirar fijamente un cuerpo hermoso, no recurre al arbitrio femenino de los anteojos.

Comenzó el segundo acto. Volví aún la cabeza al palco y nuestras miradas se cruzaron. Yo, que había apreciado ya el encanto de aquella mirada vagando por uno y otro lado de la sala, viví en un segundo, al sentirla directamente apoyada en mí, el más adorable sueño de amor que haya tenido nunca.

Fue aquello muy rápido; los ojos huyeron, pero dos o tres veces, en mi largo minuto de insistencia, tornaron fugazmente a mí.

Fue asimismo, con la súbita dicha de haberme soñado un instante su marido, el más rápido desencanto de un idilio. Sus ojos volvieron otra vez, pero en ese instante sentí que mi vecino de la izquierda miraba hacia allá, y después de un momento de inmovilidad por ambas partes, se saludaron.

Así, pues, yo no tenía el más remoto derecho a considerarme un hombre feliz, y observé a mi compañero. Era un hombre de más de treinta y cinco años, barba rubia y ojos azules de mirada clara y un poco dura, que expresan inequívoca voluntad.

—Se conocen —me dije— y no poco.

En efecto, después de la mitad del acto, mi vecino, que no había vuelto a apartar los ojos de la escena, los fijó en el palco. Ella, la cabeza un poco echada atrás, y en la penumbra, lo miraba también. Me pareció más pálida aún. Se miraron fijamente, insistentemente, aislados del mundo en aquella recta paralela de alma a alma que los mantenía inmóviles.

Durante el tercero, mi vecino no volvió un instante la cabeza. Pero antes de concluir aquél, salió por el pasillo lateral. Miré al palco, y ella también se había retirado.

—Final de idilio —me dije melancólicamente.

Él no volvió más y el palco quedó vacío.

—Sí, se repiten —sacudió largo rato la cabeza—. Todas las situaciones dramáticas pueden repetirse, aun las más inverosímiles se repiten. Es menester vivir, y usted es un muchacho . . . y las de su *Tristán* también, lo que no obsta para que haya allí el más sostenido alarido de pasión que haya gritado alma humana . . . Yo quiero tanto como usted a esa obra, y acaso más . . . No me refiero, querrá creer, al drama de Tristán y con él las treinta y dos situaciones del dogma, fuera de las cuales todas son repeticiones. No; la escena que vuelve como una pesadilla, los personajes que sufren la alucinación de una dicha muerta, es otra cosa . . . Usted asistió al preludio de una de esas repeticiones . . . Sí, ya sé que se acuerda . . . No nos conocíamos con usted entonces . . . ¡Y precisamente a usted debía hablarle de esto! Pero juzga mal lo que vio y creyó un acto mío feliz . . . ¡Feliz! óigame. El buque parte dentro de un momento, y esta vez no vuelvo más . . . Le cuento esto a usted como si se lo pudiera escribir, por dos razones: primero, porque usted tiene un parecido pasmoso con lo que era yo entonces —en lo bueno únicamente, por suerte—, y segundo porque usted, mi joven amigo, es perfectamente incapaz de pretenderla, después de lo que va a oír. Óigame:

La conocía hace diez años, y durante los seis meses que fui su novio hice cuanto estuvo en mí para que fuera mía. La quería mucho, y ella, inmensamente a mí. Por eso cedió un día, y desde ese instante, privado de tensión, mi amor se enfrió.

Nuestro ambiente social era distinto, y mientras ella se embriagaba con la dicha de mi nombre —se me consideraba buen mozo entonces— yo vivía en una esfera de mundo donde me era inevitable flirtear con muchachas de apellido, fortuna, y a veces muy lindas.

Una de ellas llevó conmigo el flirteo bajo parasoles de *garden-party* a un extremo tal, que me exasperé y la pretendí seriamente. Pero si mi persona era interesante para esos juegos, mi fortuna no alcanzaba a prometerle el tren necesario, y me lo dio a entender claramente.

Tenía razón, perfecta razón. En consecuencia flirtee con una amiga suya, mucho más fea, pero infinitamente menos hábil para estas torturas del *tête-à-tête* a diez centímetros, cuya gracia exclusiva consiste en enloquecer a su flirt, manteniéndose uno dueño de sí. Y esta vez no fui yo quien se exasperó.

Seguro, pues, del triunfo, pensé entonces en el modo de romper con Inés. Continuaba viéndola, y aunque no podía ella engañarse sobre el amortiguamiento de mi pasión, su amor era demasiado grande para no iluminarle los ojos de felicidad cada vez que me veía.

La madre nos dejaba solos; y aunque hubiera sabido lo que pasaba, habría cerrado los ojos para no perder la más vaga posibilidad de subir con su hija a una esfera mucho más alta.

Una noche fui allá dispuesto a romper, con visible malhumor, por lo mismo. Inés corrió a abrazarme, pero se detuvo, bruscamente pálida.

—¿Qué tienes? —me dijo.

—Nada —le respondí con sonrisa forzada, acariciándole la frente. Ella dejó hacer, sin prestar atención a mi mano y mirándome insistentemente. Al fin apartó los ojos contraídos y entramos en la sala.

La madre vino, pero sintiendo cielo de tormenta, estuvo sólo un momento y desapareció.

Romper, es palabra corta y fácil; pero comenzarlo . . .

Nos habíamos sentado y no hablábamos. Inés se inclinó, me apartó la mano de la cara y me clavó los ojos, dolorosos de angustioso examen.

—¡Es evidente! . . . —murmuró.

—¿Qué? —le pregunté fríamente.

La tranquilidad de mi mirada le hizo más daño que mi voz, y su rostro se demudó:

—¡Que ya no me quieres! —articuló en una desesperada y lenta oscilación de cabeza.

—Esta es la quincuagésima vez que dices lo mismo —respondí.

No podía darse respuesta más dura; pero yo tenía ya el comienzo.

Inés me miró un rato casi como a un extraño, y apartando bruscamente mi mano y el cigarro, su voz se rompió:

—¡Esteban!

—¿Qué? —torné a repetir.

Esta vez bastaba. Dejó lentamente mi mano y se reclinó atrás en el sofá, manteniendo fijo en la lámpara su rostro lívido. Pero un momento después su cara caía de costado bajo el brazo crispado al respaldo.

Pasó un rato aún. La injusticia de mi actitud —no veía ella más que injusticia— acrecentaba el profundo disgusto de mí mismo. Por eso cuando oí, o más bien sentí, que las lágrimas brotaban al fin, me levanté con un violento chasquido de lengua.

—Yo creía que no íbamos a tener más escenas —le dije paseándome.

No me respondió, y agregué:

—Pero que sea ésta la última.

Sentí que las lágrimas se detenían, y bajo ellas me respondió un momento después:

—Como quieras.

Pero en seguida cayó sollozando sobre el sofá:

—¡Pero qué te he hecho! ¡Qué te he hecho!

—¡Nada! —le respondí—. Pero yo tampoco te he hecho nada a ti . . . Creo que estamos en el mismo caso. ¡Estoy harto de estas cosas!

Mi voz era seguramente mucho más dura que mis palabras. Inés se incorporó, y sosteniéndose en el brazo del sofá, repitió, helada:

—Como quieras.

Era una despedida. Yo iba a romper, y se me adelantaron. El amor propio, el vil amor propio tocado a vivo, me hizo responder:

—Perfectamente. Me voy. Que seas feliz . . . otra vez.

No comprendió, y me miró con extrañeza. Había cometido la primera infamia; y como en estos casos, sentí el vértigo de enlodarme más aún.

—¡Es claro! —apoyé brutalmente— porque de mí no has tenido queja . . . ¿No?

Es decir: te hice el honor de ser tu amante, y debes estarme agradecida.

Comprendió más mi sonrisa que mis palabras, y mientras iba a buscar mi sombrero en el corredor, su cuerpo y su alma se desplomaban en la sala.

Entonces, en ese instante en que crucé la galería, sentí intensamente cuánto la quería y lo que acababa de hacer. Aspiración de lujo, matrimonio encumbrado, todo me resaltó como una llaga en mi propia alma. Y yo, que me ofrecía en subasta a las mundanas feas con fortuna, que me ponía en venta, acababa de cometer el acto más ultrajante con la mujer que nos ha querido demasiado . . . Flaqueza en el Monte de los Olivos, o momento vil en un hombre que no lo es, llevan el mismo fin: ansia de sacrificio, de reconquista más alta del propio valer. Y luego, la inmensa sed de ternura, de borrar beso tras beso las lágrimas de la mujer adorada, cuya primera sonrisa tras la herida que le hemos causado es la más bella luz que pueda inundar un corazón de hombre.

¡Y concluido! No me era posible ante mí mismo volver a tomar lo que acababa de ultrajar de ese modo: ya no era digno de ella, ni la merecía más. Había enlodado en un segundo el amor más puro que hombre alguno haya sentido sobre sí, y acababa de perder con Inés la irreencontrable felicidad de poseer a quien nos ha amado entrañablemente.

Desesperado, humillado, crucé por delante de la puerta, y la vi echada en el sofá, sollozando el alma entera sobre sus brazos. ¡Inés! ¡Perdida ya! Sentí más honda mi miseria ante su cuerpo, todo su amor, sacudido por los sollozos de su dicha muerta. Sin darme cuenta casi, me detuve.

—¡Inés! —la llamé.

Mi voz no era ya la de antes. Y ella debió notarlo bien, porque su alma sintió, en aumento de sollozos, el desesperado llamado que le hacía mí amor, ¡esta vez sí, inmenso amor!

—No, no . . . —me respondió—. ¡Es demasiado tarde!

▼▼▼

Padilla se detuvo. Pocas veces he visto amargura más seca y tranquila que la de sus ojos cuando concluyó. Por mi parte, no podía apartar de los míos la imagen de aquella adorable cabeza del palco, sollozando sobre el sofá.

—Me creerá —reanudó Padilla— si le digo que en mis muchos insomnios de soltero descontento de sí mismo, la tuve así ante mí . . . Salí en seguida de Buenos Aires sin ver casi a nadie, y menos a mi flirt de gran fortuna . . . Volví a los ocho años, y supe entonces que se había casado, a los seis meses de haberme ido yo. Torné a alejarme, y hace un mes regresé, bien tranquilizado ya, y en paz.

No había vuelto a verla. Era para mí como un primer amor, con todo el encanto dignificante que un idilio virginal tiene para el hombre hecho, que después amó cien veces. . . Si usted es querido alguna vez como lo fui, y ultrajara como yo lo hice, comprenderá toda la pureza viril que hay en mi recuerdo.

Hasta que una noche tropecé con ella. Sí, esa misma noche en el teatro . . . Comprendí, al ver al opulento almacenero de su marido, que se había precipitado en el matrimonio como yo al Ucayali . . . Pero al verla otra vez, a veinte metros de mí, mirándome, sentí que en mi alma, dormida en paz, surgía sangrando la desolación de haberla perdido, como si no hubiera pasado un solo día de esos diez años. ¡Inés! Su hermosura, su mirada, única entre todas las mujeres, habían sido mías, bien mías, porque me habían sido entregadas con adoración. También apreciará esto usted algún día.

Hice lo humanamente posible para olvidar, me rompí las muelas tratando de concentrar todo mi pensamiento en la escena. Pero la prodigiosa partitura de Wagner, ese grito de pasión enfermante, encendió en llama viva lo que quería olvidar. En el segundo o tercer acto no pude más y volví la cabeza. Ella también sufría la sugestión de Wagner, y me miraba. ¡Inés, mi vida! Durante medio minuto, su boca, sus manos, estuvieron bajo mi boca y mis ojos, y durante ese tiempo ella concentró en su palidez la sensación de esa dicha muerta hacía diez años. ¡Y Tristán siempre, sus alaridos de pasión sobrehumana, sobre nuestra felicidad yerta!

Me levanté entonces, atravesé las butacas como un sonámbulo, y avancé por el pasillo aproximándome a ella sin verla, sin que me viera, como si durante diez años no hubiera sido yo un miserable.

Y como diez años atrás, sufrí la alucinación de que llevaba mi sombrero en la mano e iba a pasar delante de ella.

Pasé, la puerta del palco estaba abierta, y me detuve enloquecido. Como diez años atrás sobre el sofá, ella, Inés, tendida ahora en el diván del antepalco sollozaba la pasión de Wagner y su felicidad deshecha.

¡Inés! . . . Sentí que el destino me colocaba en un momento decisivo. ¡Diez años! . . . Pero, ¿habían pasado? ¡No, no, Inés mía!

Y como entonces, al ver su cuerpo todo amor, sacudido por los sollozos, la llamé:

—¡Inés!

Y como diez años antes, los sollozos redoblaron, y como entonces me respondió bajo sus brazos:

—No, no . . . ¡Es demasiado tarde! . . .

LA GALLINA DEGOLLADA

Todo el día, sentados en el patio, en un banco estaban los cuatro hijos idiotas del matrimonio Mazzini-Ferraz. Tenían la lengua entre los labios, los ojos estúpidos, y volvían la cabeza con toda la boca abierta.

El patio era de tierra, cerrado al Oeste por un cerco de ladrillos. El banco quedaba paralelo a él, a cinco metros, y allí se mantenían inmóviles, fijos los ojos en los ladrillos. Como el sol se ocultaba tras el cerro al declinar, los idiotas tenían fiesta. La luz enceguecedora llamaba su atención al principio; poco a poco sus ojos se animaban; se reían al fin estrepitosamente, congestionados por la misma hilaridad ansiosa, mirando el sol con alegría bestial, como si fuera comida.

Otras veces, alineados en el banco, zumbaban horas enteras imitando al tranvía eléctrico. Los ruidos fuertes sacudían asimismo su inercia, y corrían entonces alrededor del patio, mordiéndose la lengua y mugiendo. Pero casi siempre estaban apagados en un sombrío letargo de idiotismo, y pasaban todo el día sentados en su banco, con las piernas colgantes y quietas, empapando de glutinosa saliva el pantalón.

El mayor tenía doce años y el menor ocho. En todo su aspecto sucio y desvalido se notaba la falta absoluta de un poco de cuidado maternal.

Esos cuatro idiotas, sin embargo, habían sido un día el encanto de sus padres. A los tres meses de casados, Mazzini y Berta orientaron su estrecho amor de marido y mujer y mujer y marido hacia un porvenir mucho más vital: un hijo ¿Qué mayor dicha para dos enamorados que esa honrada consagración de un cariño, libertado ya del vil egoísmo de un mutuo amor sin fin ninguno y, lo que es peor para el amor mismo, sin esperanzas posibles de renovación?

Así lo sintieron Mazzini y Berta, y cuando el hijo llegó, a los catorce meses de matrimonio, creyeron cumplida su felicidad. La criatura creció bella y radiante hasta que tuvo año y medio. Pero en el vigésimo mes sacudiéronlo una noche convulsiones terribles y a la mañana siguiente no conocía más a sus padres. El médico lo examinó con atención profesional que estaba visiblemente buscando la causa del mal en las enfermedades de los padres.

Después de algunos días los miembros paralizados de la criatura recobraron el movimiento; pero la inteligencia, el alma, aun el instinto, se habían ido del todo. Había quedado profundamente idiota, baboso, colgante, muerto para siempre sobre las rodillas de su madre.

—¡Hijo, mi hijo querido! —sollozaba ésta sobre aquella espantosa ruina de su primogénito.

El padre, desolado, acompañó al médico afuera.

—A usted se le puede decir: creo que es un caso perdido. Podrá mejorar, educarse en todo lo que le permita su idiotismo, pero no más allá.

—¡Sí! . . . ¡Sí! . . . —asentía Mazzini—. Pero dígame: ¿Usted cree que es herencia, que . . . ?

—En cuanto a la herencia paterna, ya le dije lo que creía cuando vi a su hijo. Respecto a la madre, hay allí un pulmón que no sopla bien. No veo nada más, pero hay un soplo un poco rudo. Hágala examinar detenidamente.

Con el alma destrozada de remordimiento, Mazzini redobló el amor a su hijo, el pequeño idiota que pagaba los excesos del abuelo. Tuvo asimismo que consolar, sostener sin tregua a Berta, herida en lo más profundo por aquel fracaso de su joven maternidad.

Como es natural, el matrimonio puso todo su amor en la esperanza de otro hijo. Nació éste, y su salud y limpidez de risa reencendieron el porvenir extinguido. Pero a los dieciocho meses las convulsiones del primogénito se repetían, y al día siguiente el segundo hijo amanecía idiota.

Esta vez los padres cayeron en honda desesperación. ¡Luego su sangre, su amor estaban malditos! ¡Su amor, sobre todo! Veintiocho años él, veintidós ella y toda su apasionada ternura no alcanzaba a crear un átomo de vida normal. Ya no pedían más belleza o inteligencia, como en el primogénito; ¡pero un hijo, un hijo como todos!

Del nuevo desastre brotaron nuevas llamaradas de dolorido amor, un loco anhelo de redimir de una vez para siempre la santidad de su ternura. Sobrevivieron mellizos, y punto por punto repitióse el proceso de los dos mayores.

Mas por encima de su inmensa amargura quedaba a Mazzini y Berta gran compasión por sus cuatro hijos. Hubo que arrancar del limbo de la más honda animalidad no ya sus almas, sino el instinto mismo, abolido. No sabían deglutir, cambiar de sitio, ni aun sentarse. Aprendieron al fin a caminar, pero chocaban contra todo, por no darse cuenta de los obstáculos. Cuando los lavaban mugían hasta inyectarse de sangre el rostro. Animábanse sólo al comer o cuando veían colores brillantes u oían truenos. Se reían entonces, echando afuera lengua y ríos de baba, radiantes de frenesí bestial. Tenían, en cambio, cierta facultad imitativa; pero no se pudo obtener nada más.

Con los mellizos pareció haber concluido la aterradora descendencia. Pero pasados tres años, Mazzini y Berta desearon de nuevo ardientemente otro hijo, confiando en que el largo tiempo transcurrido hubiera aplacado la fatalidad.

No satisfacían sus esperanzas. Y en ese ardiente anhelo que se exasperaba en razón de su infructuosidad, se agriaron. Hasta ese momento cada cual había tomado sobre sí la parte que le correspondía en la miseria de sus hijos; pero la desesperanza de redención ante las cuatro bestias que habían nacido de ellos echó afuera esa imperiosa necesidad de culpar a los otros, que es patrimonio específico de los corazones inferiores.

Iniciáronse con el cambio de pronombres: *tus* hijos. Y como a más del insulto había la insidia, la atmósfera se cargaba.

—Me parece —díjole una noche Mazzini, que acababa de entrar y se lavaba las manos— que podrías tener más limpios a los muchachos.

Berta continuó leyendo como si no hubiera oído.

—Es la primera vez —repuso al rato— que te veo inquietarte por el estado de tus hijos.

Mazzini volvió un poco la cara a ella con una sonrisa forzada.

—De nuestros hijos, me parece . . .

—Bueno, de nuestros hijos. ¿Te gusta así? —alzó ella los ojos. Esta vez Mazzini se expresó claramente.

—Creo que no vas a decir que yo tenga la culpa, ¿no?

—¡Ah, no! —se sonrió Berta, muy pálida—; pero yo tampoco, supongo . . . ¡No faltaba más! . . . —murmuró.

—¿Qué no faltaba más?

—¡Que si alguien tiene la culpa no soy yo, entiéndelo bien! Eso es lo que te quería decir.

Su marido la miró un momento, con un brutal deseo de insultarla.

—¡Dejemos! —articuló al fin, secándose las manos.

—Como quieras; pero si quieres decir . . .

—¡Berta!

—¡Como quieras!

Éste fue el primer choque, y le sucedieron otros. Pero en las inevitables reconciliaciones sus almas se unían con doble arrebato y ansia por otro hijo.

Nació así una niña. Vivieron dos años con la angustia a flor de alma, esperando siempre otro desastre.

Nada acaeció, sin embargo, y los padres pusieron en su hija toda su complacencia, que la pequeña llevaba a los extremos límites del mimo y la mala crianza.

Si aun en los últimos tiempos Berta cuidaba siempre de sus hijos, al nacer Bertita olvidóse casi del todo de los otros. Su solo recuerdo la horrorizaba como algo atroz que la hubieran obligado a cometer. A Mazzini, bien que en menor grado, pasábale lo mismo. No por eso la paz había llegado a sus almas. La menor indisposición de su hija echaba ahora afuera, con el terror de perderla, los rencores de su descendencia podrida. Habían acumulado hiel sobrado tiempo para que el vaso no quedara distendido, y al menor contacto el veneno se vertía afuera. Desde el primer disgusto emponzoñado habíanse perdido el respeto; y si hay algo a que el hombre se siente arrastrado con cruel fruición es, cuando ya se comenzó, a humillar del todo a una persona. Antes se contenían por la mutua falta de éxito; ahora que éste había llegado, cada cual, atribuyéndolo a sí mismo, sentía mayor la infamia de los cuatro engendros que el otro habíale forzado a crear.

Con estos sentimientos, no hubo ya para los cuatro hijos mayores afecto posible. La sirvienta los vestía, les daba de comer, los acostaba, con visible brutalidad. No los lavaban casi nunca. Pasaban casi todo el día sentados frente al cerco, abandonados de toda remota caricia.

De ese modo Bertita cumplió cuatro años, y esa noche, resultado de las golosinas que sus padres eran incapaces de negarle, la criatura tuvo algún escalofrío y fiebre. Y el temor a verla morir o quedar idiota tornó a reabrir la eterna llaga.

Hacía tres horas que no hablaban, y el motivo fue, como casi siempre, los fuertes pasos de Mazzini.

—¡Mi Dios! ¿No puedes caminar más despacio? ¿Cuántas veces . . . ?

—Bueno, es que me olvido; ¡se acabó! No lo hago a propósito.

Ella se sonrió, desdeñosa:

—¡No, no te creo tanto!

—Ni yo jamás te hubiera creído tanto a ti . . . ¡tísiquilla!

—¡Qué! ¿Qué dijiste?

—¡Nada!

—¡Sí, te oí algo! Mira; ¡no sé lo que dijiste; pero te juro que prefiero cualquier cosa a tener un padre como el que has tenido tú!

Mazzini se puso pálido.

—¡Al fin! —murmuró con los dientes apretados—. ¡Al fin, víbora, has dicho lo que querías decir!

¡Sí, víbora, sí! ¡Pero yo he tenido padres sanos! ¿Oyes? ¡Sanos! ¡Mi padre no ha muerto de delirio! ¡Yo hubiera tenido hijos como los de todo el mundo! ¡Esos son hijos tuyos, los cuatro tuyos!

Mazzini explotó a su vez.

—¡Víbora tísica! ¡Eso es lo que te dije, lo que te quiero decir! ¡Pregúntale, pregúntale al médico quién tiene la mayor culpa de la meningitis de tus hijos; mi padre o tu pulmón picado, víbora!

Continuaron cada vez con mayor violencia, hasta que un gemido de Bertita selló instantáneamente sus bocas. A la una de la mañana la ligera indigestión había desaparecido y, como pasa fatalmente con todos los matrimonios jóvenes que se han amado intensamente una vez siquiera, la reconciliación llegó, tanto más efusiva cuanto infames fueran los agravios.

Amaneció un espléndido día, y mientras Berta se levantaba escupió sangre. Las emociones y mala noche pasada tenían, sin duda, gran culpa. Mazzini la retuvo abrazada largo rato y ella lloró desesperadamente, pero sin que ninguno se atreviera a decir una palabra.

A las diez decidieron salir, después de almorzar. Como apenas tenían tiempo, ordenaron a la sirvienta que matara una gallina.

El día, radiante, había arrancado a los idiotas de su banco. De modo que mientras la sirvienta degollaba en la cocina al animal, desangrándolo con parsimonia (Berta había aprendido de su madre este buen modo de conservar la frescura de la carne), creyó sentir algo como respiración tras ella. Volvióse, y vio a los cuatro idiotas, con los hombros pegados uno a otro, mirando estupefactos la operación. Rojo . . . Rojo . . .

—¡Señora! Los niños están aquí en la cocina.

Berta llegó. No quería que jamás pisaran allí. ¡Y ni aun en estas horas de pleno perdón, olvido y felicidad reconquistada podía evitarse esa horrible visión! Porque, naturalmente, cuanto más intensos eran los raptos de amor a su marido e hija, más irritado era su humor con los monstruos.

—¡Que salgan, María! ¡Échelos! ¡Échelos, le digo! Las cuatro bestias, sacudidas, brutalmente empujadas, fueron a dar a su banco.

Después de almorzar salieron todos. La sirvienta fue a Buenos Aires y el matrimonio a pasear por las quintas. Al bajar el sol volvieron; pero Berta quiso saludar un momento a sus vecinas de enfrente. Su hija escapóse en seguida a casa.

Entretanto los idiotas no se habían movido en todo el día de su banco. El sol había traspuesto ya el cerco, comenzaba a hundirse, y ellos continuaban mirando los ladrillos, más inertes que nunca.

De pronto algo se interpuso entre su mirada y el cerco. Su hermana, cansada de cinco horas paternales, quería observar por su cuenta. Detenida al pie del cerco miraba pensativa la cresta. Quería trepar, eso no ofrecía duda. Al fin decidióse por una silla desfondada, pero aún no alcanzaba. Recurrió entonces a un cajón de kerosene, y su instinto topográfico hízole colocar vertical el mueble, con lo cual triunfó.

Los cuatro idiotas, la mirada indiferente, vieron cómo su hermana lograba pacientemente dominar el equilibrio y cómo en puntas de pie apoyaba la garganta sobre la cresta del cerco, entre sus manos tirantes. Viéronla mirar a todos lados y buscar apoyo con el pie para alzarse más.

Pero la mirada de los idiotas se había animado; una misma luz insistente estaba fija en sus pupilas. No apartaban los ojos de su hermana mientras una creciente sensación de gula bestial iba cambiando cada línea de sus rostros. Lentamente avanzaron al cerco. La pequeña, que habiendo logrado calzar el pie iba ya a montar a horcajadas y a caerse del otro lado, seguramente, se sintió cogida de una pierna. Debajo de ella, los ocho ojos clavados en los suyos le dieron miedo.

—¡Soltáme! ¡Dejáme! —gritó sacudiendo la pierna. Pero fue atraída.

—¡Mamá! ¡Ay, mamá! ¡Mamá, papá! —lloró imperiosamente. Trató aún de sujetarse del borde, pero sintióse arrancada y cayó.

—¡Mamá! ¡Ay, ma . . . ! —no pudo gritar más. Uno de ellos le apretó el cuello, apartando los bucles como si fueran plumas, y los otros la arrastraron de una sola pierna hasta la cocina, donde esa mañana se había desangrado la gallina, bien sujeta, arrancándole la vida segundo por segundo.

Mazzini, en la casa de enfrente, creyó oír la voz de su hija.

—Me parece que te llama —le dijo a Berta.

Prestaron oído, inquietos, pero no oyeron más. Con todo, un momento después se despidieron, y mientras Berta iba a dejar su sombrero, Mazzini avanzó en el patio:

—¡Bertita!

Nadie respondió.

—¡Bertita! —alzó más la voz, ya alterada.

Y el silencio fue tan fúnebre para su corazón siempre aterrado, que la espalda se le heló del horrible presentimiento.

—¡Mi hija, mi hija! —corrió ya desesperado hacia el fondo. Pero al pasar frente a la cocina vio en el piso un mar de sangre. Empujó violentamente la puerta, entornada, y lanzó un grito de horror.

Berta, que ya se había lanzado corriendo a su vez al oír el angustioso llamado del padre, oyó el grito y respondió con otro. Pero al precipitarse en la cocina, Mazzini, lívido como la muerte, se interpuso, conteniéndola.

—¡No entres! ¡No entres!

Berta alcanzó a ver el piso inundado de sangre. Sólo pudo echar sus brazos sobre la cabeza y hundirse a lo largo de él con un ronco suspiro.

LOS BUQUES SUICIDANTES

Resulta que hay pocas cosas más terribles que encontrar en el mar un buque abandonado. Si de día el peligro es menor, de noche el buque no se ve ni hay advertencia posible: el choque se lleva a uno y otro.

Estos buques abandonados por *a* o por *b* navegan obstinadamente a favor de las corrientes o del viento si tienen las velas desplegadas. Recorren así los mares, cambiando caprichosamente de rumbo.

No pocos de los vapores que un buen día no llegaron a puerto han tropezado en su camino con uno de estos buques silenciosos que viajan por su cuenta. Siempre hay probabilidad de hallarlos a cada minuto. Por ventura, las corrientes suelen enredarlos en los mares de sargazo. Los buques se detienen, por fin, aquí o allá, inmóviles para siempre en ese desierto de aguas. Así, hasta que poco a poco se van deshaciendo. Pero otros llegan cada día, ocupan su lugar en silencio, de modo que el tranquilo y lúgubre puesto siempre está frecuentado.

El principal motivo de estos abandonos de buque son sin duda las tempestades y los incendios, que dejan a la deriva negros esqueletos errantes. Pero hay otras causas singulares, entre las que se puede incluir lo acaecido al *María Margarita,* que zarpó de Nueva York el 24 de agosto de 1903 y que el 26 de mañana se puso al habla con una corbeta, sin acusar novedad alguna. Cuatro horas más tarde, un paquete, no teniendo respuesta, desprendió una chalupa que abordó al *María Margarita.* En el buque no había nadie. Las camisetas de los marineros se secaban a proa. La cocina estaba prendida aún. Una máquina de coser tenía la aguja suspendida sobre la costura, como si hubiera sido dejada un momento antes. No había la menor señal de lucha ni de pánico, todo en perfecto orden. Y faltaban todos. ¿Qué pasó?

La noche que aprendí esto estábamos reunidos en el puente. Íbamos a Europa, y el capitán nos contaba su historia marina, perfectamente cierta, por otro lado.

La concurrencia femenina, ganada por la sugestión del oleaje susurrante, oía estremecida. Las chicas nerviosas prestaban sin querer inquieto oído a la ronca voz de los marineros en proa. Una señora muy joven y recién casada se atrevió:

—¿No serán águilas?...

El capitán sonrió bondadosamente:

—¿Qué, señora? ¿Águilas que se llevan a la tripulación?

Todos se rieron y la joven hizo lo mismo, un poco avergonzada.

Felizmente, un pasajero sabía algo de eso. Lo miramos curiosamente. Durante el viaje había sido un excelente compañero, admirando por su cuenta y riesgo y hablando poco.

—¡Ah! ¡Si nos contara, señor! —suplicó la joven de las águilas.

—No tengo inconveniente —asintió el discreto individuo—. En dos palabras: "En los mares del Norte, como el *María Magdalena* del capitán, encontramos una vez un barco a vela. Nuestro rumbo —viajábamos también con velas— nos llevó casi a su lado. El singular aspecto de abandono, que no engaña en un buque, llamó nuestra atención, y disminuimos la marcha observándolo. Al fin desprendimos una chalupa; a bordo no se halló a nadie, y todo estaba también en perfecto orden. Pero la última anotación del diario databa de cuatro días atrás, de modo que no sentimos mayor impresión. Aun nos reímos un poco de las famosas desapariciones súbitas.

Ocho de nuestros hombres quedaron a bordo para el gobierno del nuevo buque. Viajaríamos de conserva. Al anochecer nos tomó un poco de camino. Al día siguiente lo alcanzamos, pero no vimos a nadie sobre el puente. Desprendióse de nuevo la chalupa, y los que fueron recorrieron en vano el buque: todos habían desaparecido. Ni un objeto fuera de lugar. El mar estaba absolutamente terso en toda su extensión. En la cocina hervía aún una olla con papas.

Como ustedes comprenderán, el terror supersticioso de nuestra gente llegó a su colmo. A la larga, seis se animaron a llenar el vacío, y yo fui con ellos. Apenas a bordo, mis nuevos compañeros se decidieron a beber para desterrar toda preocupación. Estaban sentados en rueda, y a la hora la mayoría cantaba ya.

Llegó mediodía y pasó la siesta. A las cuatro la brisa cesó y las velas cayeron. Uno se acercó a la borda y miró el mar aceitoso. Todos se habían levantado, paseándose, sin ganas ya de hablar. Uno se sentó en un cabo arrollado y se sacó la camiseta para remendarla. Cosió un rato en silencio. De pronto se levantó y lanzó un largo silbido. Sus compañeros se volvieron. Él los miró vagamente, sorprendido también, y se sentó de nuevo. Un momento después dejó la camiseta en ello, avanzó a la borda y se tiró al agua. Al sentir el ruido los otros dieron vuelta la cabeza, con el ceño ligeramente fruncido. En seguida se olvidaron, volviendo a la apatía común.

Al rato otro se desperezó, restregóse los ojos caminando, y se tiró al agua. Pasó media hora; el sol iba cayendo. Sentí de pronto que me tocaban el hombro.

— ¿Qué hora es?

— Las cinco —respondí. El viejo que me había hecho la pregunta me miró desconfiado, con las manos en los bolsillos, recostándose enfrente de mí.

Miró largo rato mi pantalón, distraído. Al fin se tiró al agua.

Los tres que quedaron se acercaron rápidamente y observaron el remolino. Se sentaron en la borda silbando despacio con la vista perdida a lo lejos. Uno se bajó y se tendió en el puente, cansado. Los otros desaparecieron uno tras otro. A las seis, el último (se levantó, se compuso la ropa), apartóse el pelo de la frente, caminó con sueño aún, y se tiró al agua.

Entonces quedé solo, mirando como un idiota el mar desierto. Todos, sin saber lo que hacían, se habían remojado al mar, envueltos en el sonambulismo morboso que flotaba en el buque. Cuando uno se tiraba al agua los otros se volvían, momentáneamente preocupados, como si recordaran algo, para olvidarse en seguida. Así habían desaparecido todos, y supongo que lo mismo los del día anterior, y los otros y los de los demás buques. Eso es todo."

Nos quedamos mirando al raro hombre con explicable curiosidad.

— ¿Y usted no sintió nada? —le preguntó mi vecino de camarote.

—Sí; un gran desgano y obstinación de las mismas ideas, pero nada más. No sé por qué no sentí nada más. Presumo que el motivo es éste: en vez de agotarme en una defensa angustiosa y a *toda costa* contra lo que sentía, como deben de haber hecho todos, y aun los marineros sin darse cuenta, acepté sencillamente esa muerte hipnótica, como si estuviese anulado ya. Algo muy semejante ha pasado sin duda a los centinelas de aquella guardia célebre que noche a noche se ahorcaban.

Como el comentario era bastante complicado, nadie respondió. Poco después el narrador se retiraba a su camarote. El capitán lo siguió un rato de reojo.

—¡Farsante! —murmuró.

—Al contrario —dijo un pasajero enfermo, que iba a morir a su tierra—. Si fuera farsante no habría dejado de pensar en eso y se hubiera tirado también al agua.

EL ALMOHADÓN DE PLUMAS

Su luna de miel fue un largo escalofrío. Rubia, angelical y tímida, el carácter duro de su marido heló sus soñadas niñerías de novia. Ella lo quería mucho, sin embargo, a veces con un ligero estremecimiento cuando volviendo de noche juntos por la calle, echaba una furtiva mirada a la alta estatura de Jordán, mudo desde hacía una hora. Él, por su parte, la amaba profundamente, sin darlo a conocer.

Durante tres meses —se habían casado en abril— vivieron una dicha especial.

Sin duda hubiera ella deseado menos severidad en ese rígido cielo de amor, más expansiva e incauta ternura; pero el impasible semblante de su marido la contenía siempre.

La casa en que vivían influía no poco en sus estremecimientos. La blancura del patio silencioso —frisos, columnas y estatuas de mármol— producía una otoñal impresión de palacio encantado. Dentro, el brillo glacial del estuco, sin el más leve rasguño en las altas paredes, afirmaba aquella sensación de desapacible frío. Al cruzar de una pieza a otra, los pasos hallaban eco en toda la casa, como si un largo abandono hubiera sensibilizado su resonancia.

En ese extraño nido de amor, Alicia pasó todo el otoño. No obstante había concluido por echar un velo sobre sus antiguos sueños, y aún vivía dormida en la casa hostil, sin querer pensar en nada hasta que llegaba su marido.

No es raro que adelgazara. Tuvo un ligero ataque de influenza que se arrastró insidiosamente días y días; Alicia no se reponía nunca. Al fin una tarde pudo salir al jardín apoyada en el brazo de su marido. Miraba indiferente a uno y otro lado. De pronto Jordán, con honda ternura, le pasó muy lento la mano por la cabeza, y Alicia rompió en seguida en sollozos, echándole los brazos al cuello. Lloró largamente todo su espanto callado, redoblando el llanto a la menor tentativa de caricia. Luego los sollozos fueron retardándose, y aun quedó largo rato escondida en su cuello, sin moverse ni pronunciar una palabra.

Fue ése el último día en que Alicia estuvo levantada. Al día siguiente amaneció desvanecida. El médico de Jordán la examinó con suma atención, ordenándole cama y descanso absolutos.

—No sé —le dijo a Jordán en la puerta de calle con la voz todavía baja—. Tiene una gran debilidad que no me explico. Y sin vómitos, nada . . . Si mañana se despierta como hoy, llámeme en seguida.

Al otro día Alicia seguía peor. Hubo consulta. Constatóse una anemia de marcha agudísima, completamente inexplicable. Alicia no tuvo más desmayos, pero se iba visiblemente a la muerte. Todo el día el dormitorio estaba con las luces prendidas y en pleno silencio. Pasábanse horas sin que se oyera el menor ruido. Alicia dormitaba. Jordán vivía en la sala, también con toda la luz encendida. Paseábase sin cesar de un extremo a otro, con incansable obstinación. La alfombra ahogaba sus pasos. A ratos entraba en el dormitorio y proseguía su mudo vaivén a lo largo de la cama, deteniéndose un instante en cada extremo a mirar a su mujer.

Pronto Alicia comenzó a tener aluscinaciones confusas y flotantes al principio, y que descendieron luego a ras del suelo. La joven, con los ojos desmesuradamente abiertos, no hacía sino mirar la alfombra a uno y otro lado del respaldo de la cama. Una noche quedó de repente mirando fijamente. Al rato abrió la boca para gritar, y sus narices y labios se perlaron de sudor.

—¡Jordán! ¡Jordán! —clamó, rígida de espanto, sin dejar de mirar la alfombra.

Jordán corrió al dormitorio, y al verlo aparecer Alicia lanzó un alarido de horror.

—¡Soy yo, Alicia, soy yo!

Alicia lo miró con extravío, miró la alfombra, volvió a mirarlo, y después de largo rato de estupefacta confrontación, se serenó. Sonrió y tomó entre las suyas la mano de su marido, acariciándola por media hora, temblando.

Entre sus alucinaciones más porfiadas, hubo un antropoide apoyado en la alfombra sobre los dedos, que tenía fijos en ella sus ojos.

Los médicos volvieron inútilmente. Había allí delante de ellos una vida que se acababa, desangrándose día a día, hora a hora, sin saber absolutamente cómo. En la última consulta Alicia yacía en estupor, mientras ellos pulsaban, pasándose de uno a otro la muñeca inerte. La observaron largo rato en silencio, y siguieron al comedor.

—Pst . . . —se encogió de hombros desalentado su médico—. Es un caso serio . . . Poco hay que hacer.

—¡Sólo eso me faltaba! —resopló Jordán. Y tamborileó bruscamente sobre la mesa.

Alicia fue extinguiéndose en subdelirio de anemia, agravado de tarde, pero remitía siempre en las primeras horas. Durante el día no avanzaba su enfermedad, pero cada mañana amanecía lívida, en síncope casi. Parecía que únicamente de noche se le fuera la vida en nuevas oleadas de sangre. Tenía siempre al despertar la sensación de estar desplomada en la cama con un millón de kilos encima. Desde el tercer día este hundimiento no la abandonó más. Apenas podía mover la cabeza. No quiso que le tocaran la cama, ni aun que le arreglaran el almohadón. Sus terrores crepusculares avanzaban ahora en forma de monstruos que se arrastraban hasta la cama, y trepaban dificultosamente por la colcha.

Perdió luego el conocimiento. Los dos días finales deliró sin cesar a media voz. Las luces continuaban fúnebremente encendidas en el dormitorio y la sala. En el silencio agónico de la casa, no se oía más que el delirio monótono que salía de la cama, y el sordo retumbo de los eternos pasos de Jordán.

Alicia murió, por fin. La sirvienta, cuando entró después a deshacer la cama, sola ya, miró un rato extrañada el almohadón.

—¡Señor! —llamó a Jordán en voz baja—. En el almohadón hay manchas que parecen de sangre.

Jordán se acercó rápidamente y se dobló sobre aquél. Efectivamente, sobre la funda, a ambos lados del hueco que había dejado la cabeza de Alicia, se veían manchitas oscuras.

—Parecen picaduras —murmuró la sirvienta después de un rato de inmóvil observación.

—Levántelo a la luz —le dijo Jordán.

La sirvienta lo levantó pero en seguida lo dejó caer y se quedó mirando a aquél, lívida y temblando. Sin saber por qué, Jordán sintió que los cabellos se le erizaban.

—¿Qué hay? —murmuró con voz ronca.

—Pesa mucho —articuló la sirvienta, sin dejar de temblar.

Jordán lo levantó; pesaba extraordinariamente. Salieron con él, y sobre la mesa del comedor Jordán cortó funda y envoltura de un tajo. Las plumas superiores volaron, y la sirvienta dio un grito de horror con toda la boca abierta, llevándose las manos crispadas a los bandós. Sobre el fondo, entre las plumas, moviendo lentamente las patas velludas, había un animal monstruoso, una bola viviente y viscosa. Estaba tan hinchado que apenas se le pronunciaba la boca.

Noche a noche, desde que Alicia había caído en cama, había aplicado sigilosamente su boca —su trompa, mejor dicho— a las sienes de aquélla, chupándole la sangre. La picadura era casi imperceptible. La remoción diaria del almohadón sin duda había impedido al principio su desarrollo; pero desde que la joven no pudo moverse, la succión fue vertiginosa. En cinco días, en cinco noches, había vaciado a Alicia.

Estos parásitos de las aves, diminutos en el medio habitual, llegan a adquirir en ciertas condiciones proporciones enormes. La sangre humana parece serles particularmente favorable, y no es raro hallarlo en los almohadones de pluma.

A LA DERIVA

El hombre pisó algo blancuzco, y en seguida sintió la mordedura en el pie. Saltó adelante, y al volverse, con un juramento vio una yaracacusú que, arrollada sobre sí misma, esperaba otro ataque.

El hombre echó una veloz ojeada a su pie, donde dos gotitas de sangre engrosaban dificultosamente, y sacó el machete de la cintura. La víbora vio la amenaza y hundió más la cabeza en el centro mismo de su espiral; pero el machete cayó de lomo, dislocándole las vértebras.

El hombre se bajó hasta la mordedura, quitó las gotitas de sangre y durante un instante contempló. Un dolor agudo nacía de los dos puntitos violeta y comenzaba a invadir todo el pie. Apresuradamente se ligó el tobillo con su pañuelo y siguió por la picada hacia su rancho.

El dolor en el pie aumentaba, con sensación de tirante abultamiento, y de pronto el hombre sintió dos o tres fulgurantes puntadas que, como relámpagos, habían irradiado desde la herida hasta la mitad de la pantorrilla. Movía la pierna con dificultad; una metálica sequedad de garganta, seguida de sed quemante, le arrancó un nuevo juramento.

Llegó por fin al rancho y se echó de brazos sobre la rueda de un trapiche. Los dos puntitos violeta desaparecían ahora en la monstruosa hinchazón del pie entero. La piel parecía adelgazada y a punto de ceder, de tensa. Quiso llamar a su mujer, y la voz se quebró en un ronco arrastre de garganta reseca. La sed lo devoraba.

—¡Dorotea! —alcanzó a lanzar en un estentor—. ¡Dame caña!

Su mujer corrió con un vaso lleno, que el hombre sorbió en tres tragos. Pero no había sentido gusto alguno.

—¡Te pedí caña, no agua! —rugió de nuevo—. ¡Dame caña!

—¡Pero es caña, Paulino! —protestó la mujer, espantada.

—¡No, me diste agua! ¡Quiero caña, te digo!

La mujer corrió otra vez, volviendo con la damajuana. El hombre tragó una tras otro dos vasos, pero no sintió nada en la garganta.

—Bueno; esto se pone feo . . . —murmuró entonces, mirando su pie, lívido y ya con lustre gangrenoso. Sobre la honda ligadura del pañuelo la carne desbordaba como una monstruosa morcilla.

Los dolores fulgurantes se sucedían en continuos relampagueos y llegaban ahora a la ingle. La atroz sequedad de garganta, que el aliento parecía caldear más, aumentaba a la par. Cuando pretendió incorporarse, un fulminante vómito lo mantuvo medio minuto con la frente apoyada en la rueda de palo.

Pero el hombre no quería morir, y descendiendo hasta la costa subió a su canoa. Sentóse en la popa y comenzó a palear hasta el centro del Paraná. Allí la corriente del río, que en las inmediaciones del Iguazú corre seis millas, lo llevaría antes de cinco horas a Tacurú-Pucú.

El hombre, con sombría energía, pudo efectivamente llegar hasta el media del río; pero allí sus manos dormidas dejaron caer la pala en la canoa, y tras un nuevo vómito —de sangre esta vez— dirigió una mirada al sol, que ya trasponía el monte.

La pierna entera, hasta media muslo, era ya un bloque deforme y durísimo que reventaba la ropa. El hombre cortó la ligadura y abrió el pantalón con su cuchillo: el bajo vientre desbordó hinchado, con grandes manchas lívidas y terriblemente doloroso. El hombre pensó que no podría llegar jamas él solo a Tucurú-Pucú y se decidió a pedir ayuda a su compadre Alves, aunque hacía mucho tiempo que estaban disgustados.

La corriente del río se precipitaba ahora hacia la costa brasileña, y el hombre pudo fácilmente atracar. Se arrastró por la picada en cuesta arriba; pero a los veinte metros, exhausto, quedó tendido de pecho.

—¡Alves! —gritó con cuanta fuerza pudo; y prestó oído en vano—. ¡Compadre Alves! !No me niegues este favor! —clamó de nuevo, alzando la cabeza del suelo. En el silencio de la selva no se oyó rumor. El hombre tuvo aún valor para llegar hasta su canoa, y la corriente, cogiéndola de nuevo, la llevó velozmente a la deriva.

El Paraná corre allí en el fondo de una inmensa hoya, cuyas paredes, altas de cien metros, encajonan fúnebremente el río. Desde las orillas, bordeadas de negros bloques de basalto, asciende el bosque, negro también. Adelante, a los costados, atrás, siempre la eterna muralla lúgubre; en cuyo fondo el río arremolinado se precipita en incesantes borbollones de agua fangosa. El paisaje es agresivo y reina en él un silencio de muerte. Al atardecer, sin embargo, su belleza sombría y calma cobra una majestad única.

El sol había caído ya cuando el hombre, semitendido en el fondo de la canoa, tuvo un violento escalofrío. Y de pronto, con asombro, enderezó pesadamente la cabeza: se sentía mejor. La pierna le dolía apenas, la sed disminuía, y su pecho, libre ya, se abría en lenta inspiración.

El veneno comenzaba a irse, no había duda. Se hallaba casi bien, y aunque no tenía fuerzas para mover la mano, contaba con la caída del rocío para reponerse del todo. Calculó que antes de tres horas estaría en Tacurú-Pucú.

El bienestar avanzaba, y con él una somnolencia llena de recuerdos. No sentía ya nada ni en la pierna ni en el vientre. ¿Viviría aún su compadre Gaona, en Tacurú-Pucú? Acaso viera también a su ex patrón míster Dougald y al recibidor del obraje.

¿Llegaría pronto? El cielo, al poniente, se abría ahora en pantalla de oro, y el río se había coloreado también. Desde la costa paraguaya, ya entenebrecida, el monte dejaba caer sobre el río su frescura crepuscular en penetrantes efluvios de azahar y miel silvestre. Una pareja de guacamayos cruzó muy alto y en silencio hacia el Paraguay.

Allá abajo, sobre el río de oro, la canoa derivaba velozmente, girando a ratos sobre sí misma ante el borbollón de un remolino. El hombre que iba en ella se sentía cada vez mejor, y pensaba entre tanto en el tiempo justo que había pasado sin ver a su ex patrón Dougald. ¿Tres años? Tal vez no, no tanto. ¿Dos años y nueve meses? Acaso. ¿Ocho meses y medio? Eso sí, seguramente.

De pronto sintió que estaba helado hasta el pecho.

¿Qué sería? Y la respiración . . .

Al recibidor de maderas de míster Dougald, Lorenzo Cubilla, lo había conocido en Puerto Esperanza un Viernes Santo . . . ¿Viernes? Sí, o jueves . . .

El hombre estiró lentamente los dedos de la mano.

—Un jueves . . .

Y cesó de respirar.

La insolación

El cachorro *Old* salió por la puerta y atravesó el patio con paso recto y perezoso. Se detuvo en la linde del pasto, estiró al monte, entrecerrando los ojos, la nariz vibrátil y se sentó tranquilo. Veía la monótona llanura del Chaco, con sus alternativas de campo y monte, monte y campo, sin más color que el crema del pasto y el negro del monte. Éste cerraba el horizonte a doscientos metros, por tres lados de la chacra. Hacia el oeste el campo se ensanchaba y extendía en abra, pero que la ineludible línea sombría enmarcaba a lo lejos.

A esa hora temprana, el confín, ofuscante de luz a mediodía, adquiría reposada nitidez. No había una nube ni un soplo de viento. Bajo la calma del cielo plateado, el campo emanaba tónica frescura, que traía al alma pensativa, ante la certeza de otro día de seca, melancolías de mejor compensado trabajo.

Milk, el padre del cachorro, cruzó a su vez el patio y se sentó al lado de aquél, con perezoso quejido de bienestar. Ambos permanecían inmóviles, pues aún no había moscas.

Old, que miraba hacía rato la vera del monte, observó:

—La mañana es fresca.

Milk, siguió la mirada del cachorro y quedó con la vista fija, parpadeando distraído. Después de un rato, dijo.

—En aquel árbol hay dos halcones.

Volvieron la vista indiferente a un buey que pasaba, y continuaron mirando por costumbre las cosas.

Entretanto el oriente comenzaba a empurpurarse en abanico y el horizonte había perdido ya su matinal precisión. *Milk* cruzó las patas delanteras, y sintió leve dolor. Miró sus dedos sin moverse, decidiéndose por fin a olfatearlos. El día anterior se había sacado un pique, y en recuerdo de lo que había sufrido lamió extensamente el dedo enfermo.

—No podía caminar —exclamó en conclusión.

Old no comprendió a qué se refería. *Milk* agregó:

—Hay muchos piques.

Esta vez el cachorro comprendió. Y repuso por su cuenta, después de largo rato:

—Hay muchos piques.

Uno y otro callaron de nuevo, convencidos.

El sol salió y en el primer baño de luz, las pavas del monte lanzaron al aire puro el tumultuoso trompeteo de su charanga. Los perros, dorados al sol oblicuo, entornaron los ojos, dulcificando su molicie en beato pestañeo. Poco a poco la pareja aumentó con la llegada de los otros compañeros: *Dick*, el taciturno preferido; *Prince*, cuyo labio superior, partido por un coatí, dejaba ver los dientes; e *Isondú*, de nombre indígena. Los cinco *fox-terriers*, tendidos y muertos de bienestar, durmieron.

Al cabo de una hora irguieron la cabeza; por el lado opuesto del bizarro rancho de dos pisos —el inferior de barro y el alto de madera, con corredores y baranda de *chalet*— habían sentido los pasos de su dueño, que se detuvo un momento en la esquina del rancho y miró el sol, alto ya. Tenía aún la mirada muerta y el labio pendiente, tras su solitaria velada de *whisky*, más prolongada que las habituales.

Mientras se lavaba, los perros se acercaron y le olfatearon las botas, meneando con pereza el rabo. Como las fieras amaestradas, los perros conocen el menor indicio de borrachera en su amo. Se alejaron con lentitud a echarse de nuevo al sol. Pero el calor creciente les hizo presto abandonar aquél por la sombra de los corredores.

El día avanzaba igual a los precedentes de todo ese mes: seco, límpido, con catorce horas de sol calcinante, que parecía mantener el ciclo en fusión y que en un instante requebrajaba la tierra mojada en costras blanquecinas. Míster Jones fue a la chacra, miró el trabajo del día anterior y retornó al rancho. En toda esa mañana no hizo nada. Almorzó y subió a dormir la siesta.

Los peones volvieron a las dos a la carpición, no obstante la hora de fuego, pues los yuyos no dejaban el algodonal. Tras ellos fueron los perros, muy amigos del cultivo desde que el invierno pasado hubieron aprendido a disputar a los halcones los gusanos blancos que levantaba el arado. Cada perro se echó bajo un algodonero, acompañando con su jadeo los golpes sordos de la azada.

Entre tanto el calor crecía. En el paisaje silencioso y enceguecientes de sol el aire vibraba a todos lados, dañando la vista. La tierra removida exhalaba vaho de horno, que los peones soportaban sobre la cabeza, envuelta hasta las orejas en el flotante pañuelo, con el mutismo de sus trabajos de chacra. Los perros cambiaban a cada rato de planta en procura de más fresca sombra. Tendíanse a lo largo, pero la fatiga los obligaba a sentarse sobre las patas traseras para respirar mejor.

Reverberaba ahora delante de ellos un pequeño páramo de greda que ni siquiera habían intentado arar. Allí, el cachorro vio de pronto a míster Jones que lo miraba fijamente, sentado sobre un tronco. *Old* se puso de pie, meneando el rabo. Los otros levantáronse también, pero erizados.

—¡Es el patrón! —exclamó el cachorro, sorprendido de la actitud de aquéllos.

—No, no es él —replicó *Dick*.

Los cuatro perros estaban juntos gruñendo sordamente, sin apartar los ojos de míster Jones, que continuaba inmóvil, mirándolos. El cachorro, incrédulo, fue a avanzar, pero *Prince* le mostró los dientes:

—No es él, es la *Muerte*.

El cachorro se erizó de miedo y retrocedió al grupo.

—¿Es el patrón muerto? —preguntó ansiosamente.

Los otros, sin responderle, rompieron a ladrar con furia, siempre en actitud temerosa. Pero míster Jones se desvanecía ya en el aire ondulante.

Al oír los ladridos, los peones habían levantado la vista, sin distinguir nada. Giraron la cabeza para ver si había entrado algún caballo a la chacra, y se doblaron de nuevo.

Los *fox-terriers* volvieron al paso al rancho. El cachorro, erizado aún, se adelantaba y retrocedía con cortos trotes nerviosos, y supo de la experiencia de sus compañeros que cuando una cosa va a morir, aparece antes.

—¿Y cómo saben que ese que vimos no era el patrón vivo? —preguntó.

—Porque no era él —le respondieron, displicentes.

¡Luego la Muerte, y con ella el cambio de dueño, las miserias, las patadas, estaba sobre ellos! Pasaron el resto de la tarde al lado de su patrón, sombríos y alerta. Al menor ruido gruñían, sin saber hacia dónde. Míster Jones sentíase satisfecho de su guardiana inquietud.

Por fin el sol se hundió tras el negro palmar del arroyo, y en la calma de la noche plateada los perros se estacionaron alrededor del rancho, en cuyo piso alto míster Jones recomenzaba su velada de *whisky*. A medianoche oyeron sus pasos, luego la doble caída de las botas en el piso de tablas, y la luz se apagó. Los perros, entonces, sintieron más próximo el cambio de dueño, y solos, al pie de la casa dormida, comenzaron a llorar. Lloraban en coro, volcando sus sollozos convulsivos y secos como masticando, en un aullido de desolación, que la voz cazadora de *Prince* sostenía, mientras los otros tomaban el sollozo de nuevo. El cachorro sólo podía ladrar. La noche avanzaba, y los cuatro perros de edad, agrupados a la luz de la luna, el hocico extendido e hinchado de lamentos —bien alimentados y acariciados por el dueño que iban a perder— continuaban llorando su doméstica miseria.

A la mañana siguiente míster Jones fue él mismo a buscar las mulas y las unció a la carpidora, trabajando hasta las nueve. No estaba satisfecho, sin embargo. Fuera de que la tierra no había sido nunca bien rastreada, las cuchillas no tenían filo, y con el paso rápido de las mulas la carpidora saltaba. Volvió con ésta y afiló sus rejas; pero un tornillo en que ya al comprar la máquina había notado una falla, se rompió al armarla. Mandó un peón al obraje próximo, recomendándole cuidara del caballo, un buen animal, pero asoleado. Alzó la cabeza al sol fundente de mediodía e insistió en que no galopara ni un momento. Almorzó en seguida y subió. Los perros, que en la mañana no habían dejado un segundo a su patrón, se quedaron en los corredores.

La siesta pesaba, agobiada de luz y silencio. Todo el contorno estaba brumoso por las quemazones. Alrededor del rancho la tierra blanquizca del patio, deslumbraba por el sol a plomo, parecía deformarse en trémulo hervor, que adormecía los ojos parpadeantes de los *fox-terriers*.

—No ha aparecido más —dijo *Milk*.

Old, al oír *aparecido* levantó vivamente las orejas.

Incitado por la evocación, el cachorro se puso de pie y ladró buscando a aquél. Al rato calló, entregándose con sus compañeros a su defensiva cacería de moscas.

—No vino más —agregó *Isondú*.

—Había una lagartija bajo el raigón —recordó por primera vez *Prince*.

Una gallina, el pico abierto y las alas apartadas del cuerpo, cruzó el patio incandescente con su pesado trote de calor. *Prince* la siguió perezosamente con la vista y saltó de golpe.

—¡Viene otra vez! —gritó.

Por el norte del patio avanzaba solo el caballo en el que había ido el peón. Los perros se arquearon sobre las patas, ladrando con prudente furia a la *Muerte* que se acercaba. El animal caminaba con la cabeza baja, aparentemente indeciso sobre el rumbo que debía seguir. Al pasar frente al rancho dio unos cuantos pasos en dirección al pozo y se desvaneció progresivamente en la cruda luz.

Míster Jones bajó; no tenía sueño. Disponíase a proseguir el montaje de la carpidora, cuando vio llegar inesperadamente al peón a caballo. A pesar de su orden, tenía que haber galopado para volver a esa hora. Apenas libre y concluida su misión el pobre caballo, en cuyos ijares era imposible contar los latidos, tembló agachando la cabeza y cayó de costado. Míster Jones mandó al peón a la chacra, con el rebenque aún en la mano, para no echarlo si continuaba oyendo sus jesuíticas disculpas.

Pero los perros estaban contentos. La Muerte, que buscaba a su patrón, se había conformado con el caballo. Sentíanse alegres, libres de preocupación, y en consecuencia disponíanse a ir a la chacra tras el peón, cuando oyeron a míster Jones que le gritaba, lejos ya, pidiéndole el tornillo. No había tornillo: el almacén estaba cerrado, el encargado dormía, etc. Míster Jones, sin replicar, descolgó su casco y salió él mismo en busca del utensilio. Resistía el sol como un peón, y el paseo era maravilloso contra su mal humor.

Los perros salieron con él, pero se detuvieron a la sombra del primer algarrobo; hacía demasiado calor. Desde allí, firmes en las patas, el ceño contraído y atento, lo veían alejarse. Al fin el temor a la soledad pudo más, y con agobiado trote siguieron tras él.

Míster Jones obtuvo su tornillo y volvió. Para acortar distancia, desde luego, evitando la polvorienta curva del camino, marchó en línea recta a su chacra. Llegó al riacho y se internó en el pajonal, el diluviano pajonal del Saladito, que ha crecido, secado y retoñado desde que hay paja en el mundo, sin conocer fuego. Las mates arqueadas en bóveda a la altura del pecho, se entregaban en bloques macizos. La tarea de cruzarlo, sería ya en día fresco, era muy dura a esa hora. Míster Jones lo atravesó, sin embargo, braceando entre la paja restallante y polvorienta por el barro que dejaban las crecientes, ahogado de fatiga y acres vahos de nitratos.

Salió por fin y se detuvo en la linde; pero era imposible permanecer quieto bajo ese sol y ese cansancio. Marchó de nuevo. Al calor quemante que crecía sin cesar desde tres días atrás agregábase ahora el sofocamiento del tiempo descompuesto. El cielo estaba blanco y no se sentía un soplo de viento. El aire faltaba, con la angustia cardíaca que no permitía concluir la respiración.

Míster Jones se convenció de que había traspasado su límite de resistencia. Desde hacía rato le golpeaba en los oídos el latido de la carótida. Sentíase en el aire, como si dentro de la cabeza le empujaran el cráneo hacia arriba. Se mareaba mirando el pasto. Apresuró la marcha para acabar con eso de una vez . . . y de pronto volvió en sí y se halló en distinto paraje; había caminado media cuadra sin darse cuenta de nada. Miró atrás y la cabeza se le fue en un nuevo vértigo.

Entre tanto, los perros seguían tras él, trotando con toda la lengua afuera. A veces, asfixiados, deteníanse en la sombra de un espartillo; se sentaban precipitando su jadeo, pero volvían al tormento del sol. Al fin, como la casa estaba ya próxima, apuraron el trote.

Fue en ese momento cuando *Old*, que iba adelante, vio tras el alambrado de la chacra a míster Jones, vestido de blanco, que caminaba hacia ellos. El cachorro, con súbito recuerdo, volvió la cabeza a su patrón y confrontó.

—¡La *Muerte*, la *Muerte!* —aulló.

Los otros lo habían vista también, y ladraban erizados. Vieron que míster Jones atravesaba el alambrado, y un instante creyeron que se iba a equivocar; pero al llegar a cien metros se detuvo, miró el grupo con sus ojos celestes, y marchó adelante.

—¡Que no camine ligero el patrón! —exclamó *Prince*.

—¡Va a tropezar con él! —aullaron todos.

En efecto, el otro, tras breve hesitación, había avanzado, pero no directamente sobre ellos, como antes, sino en línea oblicua y en apariencia errónea, pero que debía llevarlo justo al encuentro de míster Jones. Los perros comprendieron que esta vez todo concluía, porque su patrón continuaba caminando a igual paso como un autómata, sin darse cuenta de nada. El otro llegaba ya. Los perros hundieron el rabo y corrieron de costado, aullando. Pasó un segundo y el encuentro se produjo. Míster Jones, giró sobre sí mismo y se desplomó.

Los peones, que lo vieron caer, lo llevaron a prisa al rancho, pero fue inútil toda el agua; murió sin volver en sí. Míster Moore, su hermano materno, fue allá desde Buenos Aires, estuvo una hora en la chacra y en cuatro días liquidó todo, volviéndose en seguida al sur. Los indios se repartieron los perros, que vivieron en adelante flacos y sarnosos e iban todas las noches, con hambriento sigilo, a robar espigas de maíz en las chacras ajenas.

EL ALAMBRE DE PÚA

Durante quince días el alazán había buscado en vano la senda por donde su compañero se escapaba del potrero. El formidable cerco, de capuera —desmontante que ha rebrotado inextricable—, no permitía paso ni aun a la cabeza del caballo. Evidentemente no era por donde el malacara pasaba.

El alazán recorría otra vez la chacra trotando inquieto con la cabeza alerta. De la profundidad del monte, el malacara respondía a los relinchos vibrantes de su compañero, con los suyos cortos y rápidos, en que había, sin duda, una fraternal promesa de abundante comida. Lo más irritante para el alazán era que el malacara reaparecía dos o tres veces en el día para beber. Prometíase aquél entonces no abandonar un instante a su compañero y durante algunas horas, en efecto, la pareja pastaba en admirable conserva. Pero de pronto el malacara, con su soga a rastra, se internaba en el chircal, y cuando el alazán, al darse cuenta de su soledad, se lanzaba en su persecución, hallaba el monte inextricable. Esto sí, de adentro, muy cerca aún el maligno malacara respondía a sus desesperados relinchos con un relinchillo a boca llena.

Hasta que esa mañana el viejo alazán halló la brecha muy sencillamente: cruzando por frente al chircal, que desde el monte avanzaba cincuenta metros en el campo, vio un vago sendero que lo condujo en perfecta línea oblicua al monte. Allí estaba el malacara, deshojando árboles.

La cosa era muy simple: el malacara, cruzando un día el chircal, había hallado la brecha abierta en el monte por un incienso desarraigado. Repitió su avance a través del chircal, hasta llegar a conocer perfectamente la entrada del túnel. Entonces usó del viejo camino que con el alazán había formado a lo largo de la línea del monte. Y aquí estaba la causa del trastorno del alazán: la entrada de la senda formaba una línea sumamente oblicua con el camino de los caballos, de modo que el alazán, acostumbrado a recorrer éste de Sur a Norte, y jamás de Norte a Sur, no hubiera hallado jamás la brecha.

En un instante el viejo caballo estuvo unido a su compañero, y juntos entonces, sin más preocupación que la de despuntar torpemente las palmeras jóvenes, los dos caballos decidieron alejarse del malhadado potrero que ya sabían de memoria.

El monte, sumamente raleado, permitía un fácil avance aun a los caballos. Del bosque no quedaba en verdad sino una franja de doscientos metros de ancho. Tras él, una capuera de dos años se empenachaba de tabaco salvaje. El viejo alazán, que en su juventud había correteado capueras hasta vivir perdido seis meses en ellas, dirigió la marcha, y en media hora los tabacos inmediatos quedaron desnudos de hojas hasta donde alcanza un pescuezo de caballo.

Caminando, comiendo, curioseando, el alazan y el malacara cruzaron la capuera hasta que un alambrado los detuvo.

—Un alambrado —dijo el alazán.

—Sí, un alambrado —asintió el malacara. Y ambos, pasando la cabeza sobre el hilo superior, contemplaron atentamente. Desde allí se veía un alto pastizal de viejo rozado, blanco por la helada; un bananal y una plantación nueva. Todo ello poco tentador, sin duda, pero los caballos entendían ver eso, y uno tras otro siguieron el alambrado a la derecha.

Dos minutos después pasaban: un árbol, seco en pie por el fuego, había caído sobre los hilos. Atravesaron la blancura del pasto helado, en que sus pasos no sonaban, y bordeando el rojizo bananal, quemado por la escarcha, vieron de cerca qué eran aquellas plantas nuevas.

—Es yerba —constató el malacara, con sus trémulos labios a medio centímetro de las duras hojas.

La decepción pudo haber sido grande; mas los caballos, si bien golosos, aspiraban sobre todo a pastar. De modo que, cortando oblicuamente el yerbal, prosiguieron su camino, hasta que un nuevo alambrado contuvo a la pareja. Costeáronlo con tranquilidad grave y paciente, llegando así a una tranquera, abierta para su dicha, y los paseantes se vieron de repente en pleno camino real.

Ahora bien, para los caballos, aquello que acababan de hacer tenía todo el aspecto de una proeza. Del potrero aburridor a la libertad presente había infinita distancia. Mas por infinita que fuera, los caballos pretendían prologarla aún, y así, después de observar con perezosa atención los alrededores, quitáronse mutuamente la caspa del pescuezo y en mansa felicidad prosiguieron su aventura.

El día, en verdad, la favorecía. La bruma matinal de Misiones acababa por disiparse del todo, y bajo el cielo, súbitamente azul, el paisaje brillaba de esplendorosa claridad. Desde la loma cuya cumbre ocupaban en ese momento los dos caballos, el camino de tierra colorada cortaba el pasto delante de ellos con precisión admirable, descendía al valle blanco de espartillo helado, para tornar a subir hasta el monte lejano. El viento, muy frío, cristalizaba aún más la claridad de la mañana de oro, y los caballos, que sentían de frente el sol, casi horizontal todavía, entrecerraban los ojos al dichoso deslumbramiento.

Seguían así solos y gloriosos de libertad, en el camino encendido de luz, hasta que al doblar una punta de montes vieron a orillas del camino cierta extensión de un verde inusitado. ¿Pasto? Sin duda. Mas en pleno invierno.

Y con las narices dilatadas de gula, los caballos se acercaron al alambrado. ¡Sí, pasto fino, pasto admirable! ¡Y entrarían, ellos, los caballos libres!

Hay que advertir que el alazán y el malacara poseían desde esa madrugada alta idea de sí mismos. Ni tranquera, ni alambrado, ni monte, ni desmonte, nada era para ellos obstáculo. Habían visto cosas extraordinarias, salvado dificultades no creíbles y se sentían gordos, orgullosos y facultados para tomar la decisión más estrafalaria que ocurrírseles pudiera.

En este estado de énfasis, vieron a cien metros de ellos varias vacas detenidas a orillas del camino, y encaminándose allá llegaron a la tranquera, cerrada con cinco robustos palos. Las vacas estaban inmóviles, mirando fijamente el verde paraíso inalcanzable.

—¿Por qué no entran? —preguntó el alazán a las vacas.

—Porque no se puede —le respondieron.

—Nosotros pasamos por todas partes —afirmó el alazán, altivo—. Desde hace un mes pasamos por todas partes.

Con el fulgor de su aventura los caballos habían perdido sinceramente el sentido del tiempo. Las vacas no se dignaron siquiera mirar a los intrusos.

—Los caballos no pueden —dijo una vaquillona movediza—. Dicen eso y no pasan por ninguna parte. Nosotras sí pasamos por todas partes.

—Tienen soga —añadió una vieja madre sin volver la cabeza.

—¡Yo no, yo no tengo soga! —respondió vivamente el alazán—. Yo vivía en las capueras y pasaba.

—!Sí, detrás de nosotras! Nosotras pasamos y ustedes no pueden.

La vaquillona movediza intervino de nuevo:

—El patrón dijo el otro día: "A los caballos, con un solo hilo se los contiene". ¿Y entonces? . . . ¿Ustedes no pasan?

—No, no pasamos —repuso sencillamente el malacara, convencido por la evidencia.

—¡Nosotras, sí!

Al honrado malacara, sin embargo, se le ocurrió de pronto que las vacas, atrevidas y astutas, impertinentes invasoras de chacras y del Código Rural, tampoco pasaban la tranquera.

—Esta tranquera es mala —objetó la vieja madre—. ¡Él sí! Corre los palos con los cuernos.

—¿Quién? —preguntó el alazán.

Todas las vacas volvieron a él la cabeza con sorpresa.

—¡El toro *Barigüí!* Él puede más que los alambrados malos.

—¿Alambrados? . . . ¿Pasa?

—¡Todo! Alambre de púa también. Nosotras pasamos después.

Los dos caballos, vueltos ya a su pacífica condición de animales a los que un solo hilo contiene, se sintieron ingenuamente deslumbrados por aquel héroe capaz de afrontar el alambre de púa, la cosa más terrible que puede hallar el deseo de pasar adelante.

De pronto las vacas se removieron mansamente: a lento paso llegaba el toro. Y ante aquella chata y obstinada frente dirigida en tranquila recta a la tranquera, los caballos comprendieron humildemente su inferioridad.

Las vacas se apartaron, y *Barigüí,* pasando el testuz bajo una tranca, intentó hacerla correr a un lado.

Los caballos levantaron las orejas, admirados, pero la tranca no corrió. Una tras otra, el toro probó sin resultado su esfuerzo inteligente: el chacarero, dueño feliz de la plantación de avena, había asegurado la tarde anterior los palos con cuñas.

El toro no intentó más. Volviéndose con pereza olfateó a lo lejos entrecerrando los ojos, y costeó luego el alambrado, con ahogados mugidos sibilantes.

Desde la tranquera, los caballos y las vacas miraban. En determinado lugar el toro pasó los cuernos bajo el alambre de púa tendiéndolo violentamente hacia arriba con el testuz, y la enorme bestia pasó arqueando el lomo. En cuatro pasos más estuvo entre la avena, y las vacas se encaminaron entonces allá, intentando a su vez pasar. Pero a las vacas falta evidentemente la decisión masculina de permitir en la piel sangrientos rasguños, y apenas introducían el cuello lo retiraban presto con mareante cabeceo.

Los caballos miraban siempre.

—No pasan —observó el malacara.

—El toro pasó —observó el alazán—. Come mucho.

Y la pareja se dirigía a su vez a costear el alambrado, por la fuerza de la costumbre, cuando un mugido, claro y berreante ahora, llegó hasta ellos: dentro del avenal, el toro, con cabriolas de falso ataque, bramaba ante el chacarero, que con un palo trataba de alcanzarlo.

—¡Añá!... Te voy a dar saltitos... —gritaba el hombre.

Barigüí, siempre danzando y berreando ante el hombre, esquivaba los golpes. Maniobraron así cincuenta metros, hasta que el chacarero pudo forzar a la bestia contra el alambrado. Pero ésta, con la decisión pesada y bruta de su fuerza, hundió la cabeza entre los hilos y pasó, bajo un agudo y violineo de alambre y de grampas lanzadas a veinte metros.

Los caballos vieron cómo el hombre volvía precipitadamente a su rancho y tornaba a salir con el rostro pálido. Vieron también que saltaba el alambrado y se encaminaba en dirección a ellos, por lo cual los compañeros, ante aquel paso que avanzaba decidido, retrocedieron por el camino en dirección a su chacra.

Como los caballos marchaban dócilmente a pocos pasos delante del hombre, pudieron llegar juntos a la chacra del dueño del toro, siéndoles dado así oír la conversación.

Es evidente, por lo que de ello se desprende, que el hombre había sufrido lo indecible con el toro del polaco. Plantaciones, por inaccesibles que hubieran estado dentro del monte; alambrados, por grandes que fuera su tensión e infinito el número de hilos, todo lo arrolló el toro con sus hábitos de pillaje. Se deduce también que los vecinos estaban hartos de la bestia y de su dueño por los incesantes destrozos de aquélla. Pero como los pobladores de la región difícilmente denuncian al Juzgado de Paz perjuicios de animales, por duros que les sean, el toro proseguía comiendo en todas partes menos en la chacra de su dueño, el cual, por otro lado, parecía divertirse mucho con esto.

De este modo los caballos vieron y oyeron al irritado chacarero y al polaco cazurro.

—¡Es la última vez, don Zaniski, que vengo a verlo por su toro!, acaba de pisotearme toda la avena. ¡Ya no se puede más!

El polaco, alto y de ojillos azules, hablaba con agudo y meloso falsete.

—¡Ah, toro malo! ¡Mí no puede! ¡Mí ata, escapa! ¡Vaca tiene culpa! ¡Toro sigue vaca!

—¡Yo no tengo vacas, usted bien sabe!

—¡No, no! ¡Vaca Ramírez! ¡Mí queda loco toro!

—Y lo peor es que afloja todos los hilos, usted lo sabe también.

—¡Sí, sí, alambre! ¡Ah, mí no sabe! . . .

—¡Bueno!, vea, don Zaniski; yo no quiero cuestiones con vecinos; pero tenga por última vez cuidado con su toro para que no entre por el alambrado del fondo; en el camino voy a poner alambre nuevo.

—¡Toro pasa por camino! ¡No fondo!

—Es que ahora no va a pasar por el camino.

—¡Pasa todo! ¡No púa, no nada! ¡Pasa todo!

—No va a pasar.

—¿Qué pone?

—Alambre de púa . . . ; pero no va a pasar.

—¡No hace nada púa!

—Bueno; haga lo posible porque no entre, porque si pasa se va a lastimar.

El chacarero se fue. Es evidente que el maligno polaco, riéndose una vez más de las gracias del animal, compadeció, si cabe en lo posible, a su vecino que iba a construir un alambrado infranqueable para su toro. Seguramente se frotó las manos.

—Mí no podrán decir nada esta vez si toro come toda avena.

Los caballos reemprendieron de nuevo el camino que los alejaba de su chacra, y un rato después llegaban al lugar en que *Barigüí* había cumplido su hazaña. La bestia, allí siempre, inmóvil en medio del camino, mirando con solemne vaciedad de idea, desde hacía un cuarto de hora, un punto fijo a la distancia. Detrás de él las vacas dormitaban al sol, ya caliente, rumiando.

Pero cuando los pobres caballos pasaron por el camino, ellas abrieron los ojos despreciativas:

—Son los caballos. Querían pasar el alambrado. Y tienen soga.

—¡*Barigüí* sí pasó!

—A los caballos un solo hilo los contiene.

—Son flacos.

Esto pareció herir en lo vivo al alazán, que volvió la cabeza:

—Nosotros no estamos flacos. Ustedes sí están. No va a pasar más aquí —añadió, señalando los alambres caídos, obra de *Barigüí*.

—¡*Barigüí* pasa siempre! Después pasamos nosotras. ¡Ustedes no pasan!

—No va a pasar más. Lo dijo el hombre.

—Él comió la avena del hombre. Nosotras pasamos después.

El caballo, por mayor intimidad de trato, es sensiblemente más afecto al hombre que la vaca. De aquí que el malacara y el alazán tuvieran fe en el alambrado que iba a construir el hombre.

La pareja prosiguió su camino, y momentos después, ante el campo libre que se abría ante ellos, los dos caballos bajaban la cabeza a comer, olvidándose de las vacas.

Tarde ya, cuando el sol acababa de entrar, los dos caballos se acordaron del maíz y emprendieron el regreso. Vieron en el camino al chacarero, que cambiaba todos los postes del alambrado, y a un hombre rubio que, detenido a su lado a caballo, lo miraba trabajar.

—Le digo que va a pasar —decía el pasajero.

—No pasará dos veces —replicaba el chacarero.

—¡Usted verá! ¡Esto es un juego para el maldito toro del polaco! ¡Va a pasar!

—No pasará dos veces —repetía obstinadamente el otro.

Los caballos siguieron, oyendo aún palabras cortadas:

— . . . reír!

— . . . veremos.

Dos minutos más tarde el hombre rubio pasaba a su lado a trote inglés. El malacara y el alazán, algo sorprendidos de aquel paso que no conocían, miraron perderse en el valle al hombre presuroso.

—¡Curioso! —observó el malacara después de largo rato—. El caballo va al trote y el hombre al galope.

Prosiguieron. Ocupaban en ese momento la cima de la loma, como esa mañana. Sobre el frío cielo crepuscular sus siluetas se destacaban en negro, en masa y cabizbaja pareja, el malacara delante, el alazán detrás. La atmósfera, ofuscada durante el día por la excesiva luz del sol, adquiría a esa semisombra una transparencia casi fúnebre. El viento había cesado por completo, y con la calma del atardecer, en que el termómetro comenzaba a caer velozmente, el valle helado expandía su penetrante humedad, que se condensaba en rastreante neblina en el fondo sombrío de las vertientes. Revivía en la tierra ya enfriada el invernal olor de pasto quemado; y cuando el camino costeaba el monte, el ambiente, que se sentía de golpe más frío y húmedo, se tornaba excesivamente pesado de perfume y de azahar.

Los caballos entraron por el portón de su chacra, pues el muchacho, que hacía sonar el cajoncillo de maíz, había oído su ansioso trémulo. El caballo alazán obtuvo el honor de que se le atribuyera la iniciativa de la aventura, viéndose gratificado con una soga, a efectos de lo que pudiera pasar.

Pero a la mañana siguiente, bastante tarde ya a causa de la densa neblina, los caballos repitieron su escapatoria, atravesando otra vez el tabacal salvaje, hollando con mudos pasos el pastizal helado, salvando la tranquera, abierta aún.

La mañana encendida de sol, muy alto ya, reverberaba de luz, y el calor excesivo prometía para muy pronto cambio de tiempo. Después de trasponer la loma, los caballos vieron de pronto a las vacas detenidas en el camino, y el recuerdo de la tarde anterior excitó sus orejas y su paso; querían ver cómo era el nuevo alambrado.

Pero su decepción, al llegar, fue grande. En los nuevos postes —oscuros y torcidos— había dos simples alambres de púa, gruesos tal vez, pero únicamente dos.

No obstante su mezquina audacia, la vida constante en chacras de montes había dado a los caballos cierta experiencia en cercados. Observaron atentamente aquellos, especialmente los postes.

—Son de madera de ley —observó el malacara.

—Sí, cernes quemados —comprobó el alazán.

Y tras otra larga mirada de examen, el malacara añadió:

—El hilo pasa por el medio, no hay grampas.

—Están muy cerca uno de otro.

Cerca, los postes, sí, indudablemente; tres metros. Pero en cambio, aquellos dos modestos alambres en reemplazo de los cinco hilos del cerco anterior desilusionaron a los caballos. ¿Cómo era posible que el hombre creyera que aquel alambrado para terneros iba a contener al terrible toro?

—El hombre dijo que no iba a pasar —se atrevió, sin embargo, el malacara, que, en razón de ser el favorito de su amo, comía más maíz; por lo cual sentíase más creyente.

Pero las vacas no habían oído.

—Son los caballos. Los dos tienen soga. Ellos no pasan. *Barigüí* pasó ya.

—¿Pasó? ¿Por aquí? —preguntó descorazonado el malacara.

—Por el fondo. Por aquí pasa también. Comió avena.

Entre tanto la vaquillona locuaz había pretendido pasar los cuernos entre los hilos; y una vibración aguda, seguida de un seco golpe en los cuernos, dejó en suspenso a los caballos.

—Los alambres están muy estirados —dijo el alazán después de un largo examen.

—Sí. Más estirados no se puede . . .

Y ambos, sin apartar los ojos de los hilos, pensaban confusamente en cómo se podría pasar entre los dos hilos.

Las vacas, mientras tanto se animaban unas a otras.

—¡Él pasó ayer. Pasa el alambre de púa. Nosotras después.

—Ayer no pasaron. Las vacas dicen sí, y no pasan —comprobó el alazán.

—¡Aquí hay púa, y *Barigüí* pasa! ¡Allí viene!

Costeando por dentro del monte del fondo, a doscientos metros aún, el toro avanzaba hacia el avenal. Las vacas se colocaron todas de frente al cercado, siguiendo atentas con los ojos a la bestia invasora. Los caballos, inmóviles, alzaron las orejas.

—¡Come toda la avena! ¡Después pasa!

—Los hilos están muy estirados . . . —observó aún el malacara, tratando siempre de precisar lo qué sucedería si . . .

—¡Comió la avena! ¡El hombre viene! ¡Viene el hombre! —lanzó la vaquillona locuaz.

En efecto, el hombre acababa de salir del rancho y avanzaba hacia el toro. Traía el palo en la mano, pero no parecía iracundo; estaba, sí, muy serio y con el ceño contraído.

El animal esperó a que el hombre llegara frente a él y entonces dio principio a los mugidos con bravatas de cornadas. El hombre avanzó más, el toro comenzó a retroceder, berreando siempre y arrasando la arena con sus bestiales cabriolas. Hasta que, a diez metros ya del camino, volvió grupas en un postrer mugido de desafío burlón, y se lanzó sobre el alambrado.

—¡Viene *Barigüí*! ¡Él pasa todo! ¡Pasa alambre de púa! —alcanzaron a clamar las vacas.

Con el impulso de su pesado trote, el enorme toro bajó la cabeza y hundió los cuernos entre los hilos. Se oyó un agudo gemido de alambre, un estridente chirrido se propagó de poste a poste hasta el fondo, y el toro pasó.

Pero de su lomo y de su vientre, profundamente abiertos, canalizados desde el pecho a la grupa, llovían ríos de sangre. La bestia, presa de estupor, quedó un instante atónita y temblando. Se alejó en seguida al paso, inundando el pasto de sangre, hasta que a los veinte metros se echó, con un ronco suspiro.

A mediodía el polaco fue a buscar a su toro, y lloró en falsete ante el chacarero impasible. El animal se había levantado y podía caminar. Pero su dueño, comprendiendo que le costaría mucho trabajo curarlo —si esto aún era posible—, lo carneó esa tarde. Y al día siguiente le tocó en suerte al malacara llevar a su casa, en la maleta, dos kilos de carne del toro muerto.

LOS MENSÚ

Cayetano Maidana y Esteban Podeley, peones de obraje, volvían a Posadas en el *Sílex* con quince compañeros. Podeley, labrador de madera, tornaba a los nueve meses, la contrata concluida y con pasaje gratis por lo tanto. Cayé —mensualero— llegaba en iguales condiciones, mas al año y medio, tiempo que había necesitado para cancelar su cuenta.

Flacos, despeinados, en calzoncillos, la camisa abierta en largos tajos, descalzos como la mayoría, sucios como todos ellos, los dos mensú devoraban con los ojos la capital del bosque, Jerusalén y Gólgota de sus vidas. ¡Nueve meses allá arriba! ¡Al año y medio!

Pero volvían por fin, y el hachazo aún doliente de la vida del obraje era apenas un roce de astilla ante el rotundo goce que olfateaban allí.

De cien peones, sólo dos llegan a Posadas con haber. Para esa gloria de una semana a que los arrastra el río aguas abajo, cuentan con el anticipo de una contrata. Como intermediario y coadyuvante espera en la playa un grupo de muchachas alegres de carácter y de profesión, ante las cuales los mensú sedientos lanzan su ¡ahijú! de urgente locura.

Cayé y Podeley bajaron tambaleantes de orgía pregustada y rodeados de tres o cuatro amigas se hallaron en un momento ante la cantidad suficiente de caña para colmar el hambre de eso de un mensú.

Un instante después estaban borrachos y con nueva contrata firmada. ¿En qué trabajo? ¿En dónde? No lo sabían, ni les importaba tampoco. Sabían, sí, que tenían cuarenta pesos en el bolsillo y facultad para llegar a mucho más en gastos. Babeantes de descanso y de dicha alcohólica, dóciles y torpes siguieron ambos a las muchachas a vestirse. Las avisadas doncellas condujéronlos a una tienda con la que tenían relaciones especiales de un tanto por ciento, o tal vez al almacén de la misma casa contratista. Pero en una u otro las muchachas renovaron el lujo detonante de sus trapos, anidáronse la cabeza de peinetones, ahorcáronse de cintas —robado con perfecta sangre fría al hidalgo alcohol de su compañero—, pues lo único que el mensú realmente posee es un desprendimiento brutal de su dinero.

Por su parte, Cayé adquirió muchos más extractos y lociones y aceites de los necesarios para sahumar hasta la náusea su ropa nueva, mientras Podeley, más juicioso, optaba por un traje de paño. Posiblemente pagaron muy cara una cuenta entreoída y abonada con un montón de papeles tirados al mostrador. Pero de todos modos una hora después lanzaban a un coche descubierto sus flamantes personas, calzados de botas, poncho al hombro —y revólver 44 al cinto, desde luego—, repleta la ropa de cigarrillos que deshacían torpemente entre los dientes y dejando caer de cada bolsillo la punta de un pañuelo de color. Acompañábanlos dos muchachas, orgullosas de esa opulencia, cuya magnitud se acusaba en la expresión un tanto hastiada de los mensú, arrastrando consigo mañana y tarde por las calles caldeadas una infección de tabaco negro y extracto de obraje.

La noche llegaba por fin y con ella la bailanta donde las mismas damiselas avisadas inducían a beber a los mensú, cuya realeza en dinero de anticipo les hacía lanzar 10 pesos por una botella de cerveza, para recibir en cambio 1,40 que guardaban sin ojear siquiera.

Así, tras constantes derroches de nuevos adelantos —necesidad irresistible de compensar con siete días de gran señor las miserias del obraje— los mensú volvieron a remontar el río en el *Sílex*. Cayé llevó compañera, y los tres borrachos como los demás peones, se instalaron en el puente, donde ya diez mulas se hacinaban en íntimo contacto con baúles, atados, perros, mujeres y hombres.

Al día siguiente, ya despejadas las cabezas, Podeley y Cayé examinaron sus libretas: era la primera vez que lo hacían desde la contrata. Cayé había recibido 120 pesos en efectivo y 35 en gasto, y Podeley 130 y 75, respectivamente.

Ambos se miraron con expresión que pudiera haber sido de espanto si un mensú no estuviera perfectamente curado de ese malestar. No recordaban haber gastado ni la quinta parte siquiera.

—¡Añá! . . . —murmuró Cayé—. No voy a cumplir nunca . . .

Y desde ese momento tuvo sencillamente —como justo castigo de su despilfarro— la idea de escaparse de allá.

La legitimidad de su vida en Posadas era, sin embargo, tan evidente para él que sintió celos del mayor adelanto acordado a Podeley.

—Vos tenés suerte . . . —dijo—. Grande tu anticipo . . .

—Vos traés compañera —objetó Podeley—. Eso te cuesta para tu bolsillo . . .

Cayé miró a su mujer, y aunque la belleza y otras cualidades de orden más moral pesan muy poco en la elección de un mensú, quedó satisfecho. La muchacha deslumbraba, efectivamente, con su traje de raso, falda verde y blusa amarilla; luciendo en el cuello sucio un triple collar de perlas; zapatos Luis XV; las mejillas brutalmente pintadas y un desdeñoso cigarro de hoja bajo los párpados entornados.

Cayé consideró a la muchacha y su revólver 44; era realmente lo único que valía de cuanto llevaba con él. Y aun corría el riesgo de naufragar el 44 tras el anticipo, por minúscula que fuera su tentación de tallar.

A dos metros de él, sobre un baúl de punta, en efecto, los mensú jugaban concienzudamente al monte cuanto tenían. Cayé observó un rato riéndose, como se ríen siempre los peones cuando están juntos, sea cual fuere el motivo, y se aproximó al baúl colocando a una carta cinco cigarros.

Modesto principio, que podía llegar a proporcionarle el dinero suficiente para pagar el adelanto en el obraje y volverse en el mismo vapor a Posadas a derrochar su nuevo anticipo.

Perdió, perdió los demás cigarros, perdió cinco pesos, el poncho, el collar de su mujer, sus propias botas y su 44. Al día siguiente recuperó las botas, pero nada más, mientras la muchacha compensaba la desnudez de su pescuezo con incesantes cigarros despreciativos.

Podeley ganó; tras infinito cambio de dueño, el collar en cuestión y una caja de jabones de olor que halló modo de jugar contra un machete y media docena de medias, que ganó, quedando así satisfecho.

Habían llegado por fin. Los peones treparon la interminable cinta roja que escala la barranca, desde cuya cima el *Sílex* aparecía disminuido y hundido en el lúgubre río. Y con *ahijús* y terribles invectivas en guaraní (bien que alegres todos) despidieron al vapor, que debía ahogar en una baldeada de tres horas la nauseabunda atmósfera de desaseo, pachulí y mulas enfermas que durante cuatro días remontó con él.

Para Podeley, labrador de madera, cuyo diario podía subir a siete pesos, la vida del obraje no era dura. Hecho a ella, domaba su aspiración de estricta justicia en el cubicaje de la madera, compensando las rapiñas rutinarias con ciertos privilegios de buen peón. Su nueva etapa comenzó al día siguiente, una vez demarcada su zona de bosque. Construyó con hojas de palmera su cobertizo —techo y pared sur, nada más—; dio su nombre de cama a ocho varas horizontales, y de un horcón colgó la provista semanal. Recomenzó, automáticamente, sus días de obraje: silenciosos mates al levantarse, de noche aún, que se sucedían sin desprender la mano de la pava; la exploración en descubierta de madera, el desayuno a las ocho; harina, charque y grasa, el hacha luego, a busto descubierto, cuyo sudor arrastraba tábanos, barigüís y mosquitos; después, el almuerzo —esta vez porotos y maíz flotante en la inevitable grasa—, para concluir de noche, tras nueva lucha con las piezas de 8 por 30, con el yopará de mediodía.

Fuera de algún incidente con sus colegas labradores, que invadían su jurisdicción; del hastío de los días de lluvia, que lo relegaban en cuclillas frente a la pava, la tarea proseguía hasta el sábado de tarde. Lavaba entonces su ropa, y el domingo iba al almacén a proveerse.

Era éste el real momento de solaz de los mensú, olvidándolo todo entre los anatemas de la lengua natal, sobrellevando con fatalismo indígena la suba siempre creciente de la provista, que alcanzaba entonces a cinco pesos por machete y ochenta centavos por kilo de galleta. El mismo fatalismo que aceptaba esto con un ¡añá! y una riente mirada a los demás compañeros, le dictaba, en elemental desagravio, el deber de huir del obraje en cuanto pudiera. Y si esta ambición no estaba en todos los pechos, todos los peones comprendían esa mordedura de contra-justicia que iba, en caso de llegar, a clavar los dientes en la entraña misma del patrón. Éste, por su parte, llevaba la lucha a su extremo final vigilando día y noche a su gente, y en especial a los mensualeros.

Ocupábanse entonces los mensú en la planchada, tumbando piezas entre inacabable gritería, que subía de punto cuando las mulas, impotentes para contener la alzaprima que bajaba de la altísima barranca a toda velocidad, rodaban una sobre otra dando tumbos, vigas, animales, carretas, todo bien mezclado. Raramente se lastimaban las mulas; pero la algazara era la misma.

Cayé, entre risa y risa, meditaba siempre su fuga; harto ya de revirados y yoporás, que el pregusto de la huida tornaba más indigestos, deteníase aún por falta de revólver, y ciertamente, ante el winchester del capataz. ¡Pero si tuviera un 44! . . .

La fortuna llególe esta vez en forma bastante desviada.

La compañera de Cayé, que desprovista ya de su lujoso atavío se ganaba la vida lavando la ropa a los peones, cambió un día de domicilio. Cayé la esperó dos noches, y a la tercera fue al rancho de su reemplazante, donde propinó una soberbia paliza a la muchacha. Los dos mensú quedaron solos charlando, de resultas de lo cual convinieron en vivir juntos, a cuyo efecto el seductor se instaló con la pareja. Esto era económico y bastante juicioso. Pero como el mensú parecía gustar realmente de la dama —cosa rara en el gremio— Cayé ofreciósela en venta por un revólver con balas, que él mismo sacaría del almacén. No obstante esa sencillez, el trato estuvo a punto de romperse porque a última hora Cayé pidió que se agregara un metro de tabaco de cuerda, lo que pareció excesivo al mensú. Concluyóse por fin el mercado, y mientras el fresco matrimonio se instalaba en su rancho, Cayé cargaba concienzudamente su 44 para dirigirse a concluir la tarde lluviosa tomando mate con aquéllos.

El otoño finalizaba, y el cielo, fijo en sequía con chubascos de cinco minutos, se descomponía por fin en mal tiempo constante, cuya humedad hinchaba el hombro de los mensú. Podeley, libre de esto

hasta entonces, sintióse un día con tal desgano al llegar a su vig.
se detuvo, mirando a todas partes, sin saber qué hacer. No t.
ánimo para nada. Volvió a su cobertizo, y en el camino sintió un li₃
ro cosquilleo en la espalda.

Sabía muy bien qué eran aquel desgano y aquel hormigueo a flor
de piel. Sentóse filosóficamente a tomar mate, y media hora después
un hondo y largo escalofrío recorrióle la espalda bajo la camisa.

No había nada que hacer. Se echó en la cama tiritando de frío,
doblado en gatillo bajo el poncho, mientras los dientes, incontenibles, castañeteaban a más no poder.

Al día siguiente el acceso, no esperado hasta el crepúsculo, tornó
a mediodía, y Podeley fue a la comisaría a pedir quinina. Tal claramente se denunciaba el chucho en el aspecto del mensú, que el
dependiente bajó los paquetes sin mirar casi al enfermo, quien volcó
tranquilamente sobre su lengua la terrible amargura aquella. Al volver al monte tropezó con el mayordomo.

—¡Vos también! —le dijo éste mirándolo—. Y van cuatro. Los
otros no importa . . . poca cosa. Vos sos cumplidor . . . ¿Cómo está tu
cuenta?

—Falta poco; pero no voy a poder trabajar . . .

—¡Bah! Curate bien y no es nada . . . Hasta mañana.

—Hasta mañana —se alejó Podeley apresurando el paso, porque en los talones acababa de sentir un leve cosquilleo.

El tercer ataque comenzó una hora después, quedando Podeley
desplomado en una profunda falta de fuerza y la mirada fija y opaca,
como si no pudiera alcanzar más allá de uno o dos metros.

El descanso absoluto a que se entregó por tres días —bálsamo
específico para el mensú, por lo inesperado— no hizo sino convertirle en un bulto castañeante y arrebujado sobre un raigón. Podeley,
cuya fiebre anterior había tenido honrado y periódico ritmo, no presagió nada bueno para él de esa galopada de accesos casi sin intermitencia. Hay fiebre y fiebre. Si la quinina no había cortado a ras el
segundo ataque, era inútil que se quedara allá arriba, a morir hecho
un ovillo en cualquier recodo de picada. Y bajó de nuevo al almacén.

—¡Otra vez vos! —lo recibió el mayordomo—. Eso no anda
bien . . . ¿No tomaste quinina?

—Tomé . . . No me hallo con esta fiebre . . . No puedo con mi na. Si querés darme para mi pasaje, te voy a cumplir en cuanto sane . . .

El mayordomo contempló aquella ruina y no estimó en gran cosa la vida que quedaba en su peón.

—¿Cómo está tu cuenta? —preguntó otra vez.

—Debo veinte pesos todavía . . . El sábado entregué . . . Me hallo enfermo grande . . .

—Sabés bien que mientras tu cuenta no esté pagada debés quedarte. Abajo . . . podés morirte. Curate aquí, y arreglás tu cuenta en seguida.

¿Curarse de una fiebre perniciosa allí donde se la adquirió? No, por cierto; pero el mensú que se va puede no volver, y el mayordomo prefería hombre muerto a deudor lejano.

Podeley jamás había dejado de cumplir nada, única altanería que se permite ante su patrón un mensú de talla.

—¡No me importa que hayas dejado o no de cumplir! —replicó el mayordomo—. ¡Pagá tu cuenta primero, y después hablaremos!

Esta injusticia para con él creó lógica y velozmente el deseo del desquite. Fue a instalarse con Cayé, cuyo espíritu conocía bien, y ambos decidieron escaparse el próximo domingo.

—¡Ahí tenés! —gritóle el mayordomo esa misma tarde al cruzarse con Podeley—. Anoche se han escapado tres . . . ¿Esto es lo que te gusta, no? ¡Ésos también eran cumplidores! ¡Como vos! ¡Pero antes vas a reventar aquí que salir de la planchada! ¡Y mucho cuidado, vos y todos los que están oyendo! ¡Ya saben!

La decisión de huir y sus peligros —para los que el mensú necesita todas sus fuerzas— es capaz de contener algo más que una fiebre perniciosa. El domingo, por lo demás, había llegado; y con falsas maniobras de lavaje de ropa, simulados guitarreos en el rancho de tal o cual, la vigilancia pudo ser burlada y Podeley y Cayé se encontraron de pronto a mil metros de la comisaría.

Mientras no se sintieran perseguidos no abandonarían la picada; Podeley caminaba mal. Y aun así . . .

La resonancia peculiar del bosque trájoles, lejana, una voz ronca:

—¡A la cabeza! ¡A los dos!

Y un momento después surgían de un recodo de la picada el capataz y tres peones corriendo . . . La cacería comenzaba.

Cayé amartilló su revólver, sin dejar de huir.

—¡Éntregate, añá! —gritóles el capataz.

—Entremos en el monte —dijo Podeley—. Yo no tengo fuerza para mi machete.

—¡Volvé o te tiro! —llegó otra voz.

—Cuando estén más cerca . . . —comenzó Cayé. Una bala de winchester pasó silbando por la picada.

—¡Entrá! —gritó Cayé a su compañero. Y parapetándose tras un árbol, descargó hacia los perseguidores los cinco tiros de su revólver.

Una gritería aguda respondióles, mientras otra bala de winchester hacía saltar la corteza del árbol.

—¡Entregate o te voy a dejar la cabeza! . . .

—¡Andá no más! —instó Cayé a Podeley— Yo voy a . . .

Y tras nueva descarga entró en el monte.

Los perseguidores, detenidos un momento por las explosiones, lanzáronse rabiosos adelante, fusilando golpe tras golpe de winchester el derrotero probable de los fugitivos.

A cien metros de la picada, y paralelos a ella, Cayé y Podeley se alejaban, doblados hasta el suelo para evitar las lianas. Los perseguidores presumían esta maniobra; pero como dentro del monte el que ataca tiene cien probabilidades contra una de ser detenido por una bala en mitad de la frente, el capataz se contentaba con salvas de winchester y aullidos desafiantes. Por lo demás, los tiros errados hoy habían hecho lindo blanco la noche del jueves . . .

El peligro había pasado. Los fugitivos se sentaron rendidos. Podeley se envolvió en el poncho, y recostado en la espalda de su compañero sufrió en dos terribles horas de chucho el contragolpe de aquel esfuerzo.

Luego prosiguieron la fuga, siempre a la vista de la picada, y cuando la noche llegó por fin acamparon. Cayé había llevado chipas, y Podeley encendió fuego, no obstante los mil inconvenientes en un país donde, fuera de los pavones, hay otros seres que tienen debilidad por la luz, sin contar los hombres.

El sol estaba muy alto ya cuando a la mañana siguiente encontraron el riacho, primera y última esperanza de los escapados. C cortó doce tacuaras sin más prolija elección y Podeley, cuyas ú' fuerzas fueron dedicadas a cortar los isipós, tuvo apenas tiempo de hacerlo antes de arrollarse a tiritar.

Cayé, pues, construyó solo la jangada —diez tacuaras atadas longitudinalmente con lianas, llevando en cada extremo una atravesada.

A los diez segundos de concluida se embarcaron. Y la jangadilla, arrastrada a la deriva, entró en el Paraná.

Las noches son en esa época excesivamente frescas, y los dos mensú, con los pies en el agua, pasaron la noche helados, uno junto al otro. La corriente del Paraná, que llegaba cargado de inmensas lluvias, retorcía la jangada en el borbollón de sus remolinos y aflojaba lentamente los nudos de isipó.

En todo el día siguiente comieron dos chipas, último resto de provisión, que Podeley probó apenas. Las tacuaras, taladradas por los tambús, se hundían, y al caer la tarde la jangada había descendido una cuarta del nivel del agua.

Sobre el río salvaje, encajonado en los lúgubres murallones del bosque, desierto del más remoto ¡ay!, los dos hombres, sumergidos hasta la rodilla, derivaban girando sobre sí mismos, detenidos un momento inmóviles ante un remolino, siguiendo de nuevo, sosteniéndose apenas sobre las tacuaras casi sueltas que se escapaban de sus pies, en una noche de tinta que no alcanzaba a romper sus ojos desesperados.

El agua llegábales ya al pecho cuando tocaron tierra. ¿Dónde? No lo sabían . . . Un pajonal. Pero en la misma orilla quedaron inmóviles, tendidos de vientre.

Ya deslumbraba el sol cuando despertaron. El pajonal se extendía veinte metros tierra adentro, sirviendo de litoral a río y bosque. A media cuadra al Sur, el riacho Paranaí, que decidieron vadear cuando hubieran recuperado las fuerzas. Pero éstas no volvían tan rápidamente como era de desear, dado que los cogollos y gusanos de tacuara son tardos fortificantes. Y durante veinte horas, la lluvia cerrada transformó al Paraná en aceite blanco y al Paranaí en furiosa avenida. Todo imposible. Podeley se incorporó de pronto chorreando agua, apoyándose en el revólver para levantarse y apuntó a Cayé. Volaba de fiebre.

—¡Pasá, añá! . . .

Cayé vio que poco podía esperar de aquel delirio, y se inclinó disimuladamente para alcanzar a su compañero de un palo. Pero el otro insistió:

—¡Andá al agua! ¡Vos me trajiste! ¡Bandeá el río!

Los dedos lívidos temblaban sobre el gatillo.

Cayé obedeció; dejóse llevar por la corriente y desapareció tras el pajonal, al que pudo abordar con terrible esfuerzo.

Desde allá y de atrás acechó a su compañero; pero Podeley yacía de nuevo de costado, con las rodillas recogidas hasta el pecho, bajo la lluvia incesante. Al aproximarse Cayé alzó la cabeza, y sin abrir casi los ojos, cegados por el agua, murmuró:

—Cayé . . . caray . . . Frío muy grande . . .

Llovió aún toda la noche sobre el moribundo la lluvia blanca y sorda de los diluvios otoñales, hasta que a la madrugada Podeley quedó inmóvil para siempre en su tumba de agua.

Y en el mismo pajonal, sitiado siete días por el bosque, el río y la lluvia, el superviviente agotó las raíces y gusanos posibles, perdió poco a poco sus fuerzas, hasta quedar sentado, muriéndose de frío y hambre, con los ojos fijos en el Paraná.

El *Sílex*, que pasó por allí al atardecer, recogió al mensú ya casi moribundo. Su felicidad transformóse en terror al darse cuenta al día siguiente de que el vapor remontaba el río.

—¡Por favor te pido! —lloriqueó ante el capitán—. ¡No me bajen en Puerto X! ¡Me van a matar! . . . ¡Te lo pido de veras! . . .

El *Sílex* volvió a Posadas, llevando con él al mensú, empapado aún.

Pero a los diez minutos de bajar a tierra estaba ya borracho con nueva contrata y se encaminaba tambaleando a comprar extractos.

Yaguaí

Ahora bien, no podía ser sino allí. *Yaguaí* olfateó la piedra —un sólido bloque de mineral de hierro— y dio una cautelosa vuelta en torno. Bajo el sol a mediodía de Misiones, el aire vibraba sobre el negro peñasco, fenómeno éste que no seducía al *fox-terrier.* Allí abajo, sin embargo, estaba la lagartija. El perro giró nuevamente alrededor, resopló en un intersticio y, para honor de la raza, rascó un instante el bloque ardiente, hecho lo cual regresó con paso perezoso, que no impedía un sistemático olfateo a ambos lados.

Entró en el comedor, echándose entre el aparador y la pared, fresco refugio que él consideraba como suyo, a pesar de tener en su contra la opinión de toda la casa. Pero el sombrío rincón, admirable cuando a la depresión de la atmósfera acompaña la falta de aire, tornábase imposible en un día de viento norte. Era éste un flamante conocimiento del *fox-terrier,* en quien luchaba aún la herencia del país templado —Buenos Aires, patria de sus abuelos y suya— donde sucede precisamente lo contrario. Salió, por lo tanto, afuera, y se sentó bajo un naranjo, en pleno viento de fuego, pero que facilitaba inmensamente la respiración. Y como los perros transpiran muy poco, *Yaguaí* apreciaba como es debido el viento evaporizador sobre la lengua danzante puesta a su paso.

El termómetro alcanzaba en ese momento a 40 grados. Pero los *fox-terriers* de buena cuna son singularmente falaces en cuanto a promesas de quietud se refiera. Bajo aquel mediodía de fuego, sobre la meseta volcánica que la roja arena tornaba aun más caliente, había lagartijas.

Con la boca ahora cerrada, *Yaguaí* traspuso el tejido de alambre y se halló en pleno campo de caza. Desde septiembre no había logra-

Check Out Receipt

Carson City Library (CAR)
(775)887-2244
http://www.carsoncitylibrary.org/
Friday, September 25, 2009 2:01:29 PM

Item: 31472701616694
Title: Memorias de una geisha
Due: 10/23/2009

Item: 31472800029757
Title: Cuentos de amor, de locura y de muerte
Due: 10/23/2009

Raffle for a 2007 Yamaha Dual Sport motorcycle..
..see a staff member for a ticket! Only $5 each!
Winner will be picked October 31st!

do otra ocupación a las siestas bravas. Esta vez rastreó cuatro lagartijas de las pocas que quedaban ya, cazó tres, perdió una y se fue entonces a bañar.

A cien metros de la casa, en la base de la meseta y a orillas del bananal, existía un pozo en piedra viva, de factura y formas originales, pues siendo comenzado a dinamita por un profesional, habíalo concluido un aficionado con pala de punta. Verdad es que no medía sino dos metros de hondura, tendiéndose en larga escarpa por un lado, a modo de tajamar. Su fuente, bien que superficial, resistía a secas de dos meses, lo que es bien meritorio en Misiones.

Allí se bañaba el *fox-terrier,* primero la lengua, después el vientre, sentado en el agua, para concluir con una travesía a nado. Volvía a la casa, siempre que algún rastro no se atravesara en su camino. Al caer el sol tornaba al pozo; de aquí que *Yaguaí* sufriera vagamente de pulgas y con bastante facilidad el calor tropical, para el que su raza no había sido creada.

El instinto combativo del *fox-terrier* se manifestó normalmente contra las hojas secas; subió luego a las mariposas y su sombra, y se fijó por fin en las lagartijas. Aun en noviembre, cuando tenía ya en jaque a todas las ratas de la casa, su gran encanto eran los saurios. Los peones que por *a* o *b* llegaban a la siesta admiraron siempre la obstinación del perro resoplando en cuevitas bajo un sol de fuego, si bien la admiración de aquéllos no pasaba del cuadro de caza.

—Eso —dijo uno un día, señalando al perro con una vuelta de cabeza— no sirve más que para bichitos . . .

El dueño de *Yaguaí* lo oyó:

—Tal vez —repuse—; pero ninguno de los famosos perros de ustedes sería capaz de hacer lo que hace ése.

Los hombres se sonrieron sin contestar.

Cooper, sin embargo, conocía bien a los perros de monte y su maravillosa aptitud para la caza a la carrera, que su *fox-terrier* ignoraba. ¿Enseñarle? Acaso, pero él no tenía cómo hacerlo.

Precisamente esa misma tarde un peon se quejó a Cooper de los venados que estaban concluyendo con los porotos. Pedía escopeta, porque aunque él tenía un buen perro no podía sino a veces alcanzar a los venados de un palo . . .

Cooper prestó la escopeta, y aun propuso ir esa noche al rozado.

—No hay luna —objetó el peón.

—No importa. Suelte el perro y veremos si el mío lo sigue.

Esa noche fueron al plantío. El peón soltó a su perro, y el animal se lanzó en seguida en las tinieblas del monte en busca de un rastro.

Al ver partir a su compañero, *Yaguaí* intentó en vano forzar la barrera de caraguatá. Logrólo al fin, y siguió la pista del otro. Pero a los dos minutos regresaba, muy contento de aquella escapatoria nocturna. Eso sí, no quedó agujerito sin olfatear en diez metros a la redonda.

Pero cazar tras el rastro, en el monte, a un galope que puede durar muy bien desde la madrugada hasta las tres de la tarde, eso no. El perro del peón halló una pista, muy lejos, que perdió en seguida. Una hora después volvía a su amo, y todos juntos regresaron a casa.

La prueba, si no concluyente, desanimó a Cooper. Se olvidó luego de ello, mientras el *fox-terrier* continuaba cazando ratas, algún lagarto o zorro en su cueva, y lagartijas.

Entre tanto, los días se sucedían unos a otros, encegueecientes, pesados, en una obstinación de viento norte que doblaba las verduras en lacios colgajos bajo el blanco cielo de los mediodías tórridos. El termómetro se mantenía a 35-40, sin la más remota esperanza de lluvia. Durante cuatro días el tiempo se cargó, con asfixiante calma y aumento de calor. Y cuando se perdió al fin la esperanza de que el Sur devolviera en torrentes de agua todo el viento de fuego recibido un mes entero del Norte, la gente se resignó a una desastrosa sequía.

El *fox-terrier* vivió desde entonces sentado bajo su naranjo, porque cuando el calor traspasa cierto límite razonable, los perros no respiran bien echados. Con la lengua de fuera y los ojos entornados, asistió a la muerte progresiva de cuanto era brotación primaveral. La huerta se perdió rápidamente. El maizal pasó del verde claro a una blancura amarillenta, y a fines de noviembre sólo quedaban de él columnitas truncas sobre la negrura desolada del rozado. La mandioca, heroica entre todas, resistía bien.

El pozo del *fox-terrier* —agotada su fuente— perdía día a día su agua verdosa, y ahora tan caliente que *Yaguaí* no iba a él sino de mañana, si bien hallaba rastros de apereás, agutíes y hurones, que la sequía del monte forzaba hasta el pozo.

En vuelta de su baño, el perro se sentaba de nuevo, viendo

aumentar poco a poco el viento, mientras el termómetro, refrescando a 15 al amanecer, llegaba a 41 a las dos de la tarde. La sequedad del aire llevaba a beber al *fox-terrier* cada media hora, debiendo entonces luchar con las avispas y abejas que invadían los baldes, muertas de sed. Las gallinas, con las alas en tierra, jadeaban, tendidas a la triple sombra de los bananos, la glorieta y la enredadera de flor roja, sin atreverse a dar un paso sobre la arena abrasada, y bajo un sol que mataba instantáneamente las hormigas rubias.

Alrededor, cuanto abarcaban los ojos del *fox-terrier:* los bloques de hierro, el pedregullo volcánico, el monte mismo, danzaba, mareado de calor. Al Oeste, en el fondo del valle boscoso, hundido en la depresión de la doble sierra, el Paraná yacía, muerto a esa hora en su agua de cinc, esperando la caída de la tarde para revivir. La atmósfera, entonces ligeramente ahumada hasta esa hora, se velaba al horizonte en denso vapor, tras el cual el sol, cayendo sobre el río, sosteníase asfixiado en perfecto círculo de sangre: Y mientras el viento cesaba por completo y en el aire, aún abrasado, *Yaguaí* arrastraba por la meseta su diminuta mancha blanca, las palmeras negras, recortándose inmóviles sobre el río cuajado en rubí, infundían en el paisaje una sensación de lujoso y sombrío oasis.

Los días se sucedían iguales. El pozo del *fox-terrier* se secó, y las asperezas de la vida, que hasta entonces evitaran a *Yaguaí*, comenzaron para él esa misma tarde.

Desde tiempo atrás el perrito blanco había sido muy solicitado por un amigo de Cooper, hombre de selva cuyos muchos ratos perdidos se pasaban en el monte tras los tatetos. Tenía tres perros magníficos para esta caza, aunque muy inclinados a rastrear coatíes, lo que envolviendo una pérdida de tiempo para el cazador constituye también la posibilidad de un desastre, pues la dentellada del coatí degüella fundamentalmente al perro que no supo cogerlo.

Fragoso, habiendo visto un día trabajar al *fox-terrier* en un asunto de irara, a la que *Yaguaí* forzó a estarse definitivamente quieta, dedujo que un perrito que tenía ese talento especial para morder justamente entre cruz y pescuezo no era un perro cualquiera, por más corta que tuviera la cola. Por lo que instó repetidas veces a Cooper a que le prestara a *Yaguaí*.

—Yo te lo voy a enseñar bien a usted, patrón —le decía.

—Tiene tiempo —respondía Cooper.

Pero en esos días abrumadores —la visita de Fragoso avivando el recuerdo del pedido— Cooper le entregó su perro a fin de que le enseñara a correr.

Corrió, sin duda, mucho más de lo que hubiera deseado el mismo Cooper.

Fragoso vivía en la margen izquierda del Yabebirí, y había plantado en octubre un mandiocal que no producía aún, y media hectárea de maíz y porotos, totalmente perdida por la seca. Esto último, específico para el cazador, tenía para *Yaguaí* muy poca importancia, trastornándole en cambio la nueva alimentación. Él, que en casa de Cooper coleaba ante la mandioca simplemente cocida, para no ofender a su amo, y olfateaba por tres o cuatro lados el locro, para no quebrar del todo con la cocinera, conoció la angustia de los ojos brillantes y fijos en el amo que come, para concluir lamiendo el plato que sus tres compañeros habían pulido ya, esperando ansiosamente el puñado de maíz sancochado que les daba cada día.

Los tres perros salían de noche a cazar por su cuenta —maniobra ésta que entraba en el sistema educacional del cazador—; pero el hambre, que llevaba a aquéllos naturalmente al monte a rastrear para comer, inmovilizaba al *fox-terrier* en el rancho, único lugar del mundo donde podía hallar comida. Los perros que no devoran la caza serán siempre malos cazadores, y justamente la raza a la que pertenecía *Yaguaí* caza desde su creación por simple *sport*.

Fragoso intentó algún aprendizaje con el *fox-terrier*. Pero siendo *Yaguaí* mucho más perjudicial que útil al trabajo desenvuelto de sus tres perros, lo relegó desde entonces en el rancho, a la espera de mejores tiempos para esa enseñanza.

Entre tanto, la mandioca del año anterior comenzaba a concluirse: las últimas espigas de maíz rodaron por el suelo, blancas y sin un grano, y el hambre, ya dura para los tres perros nacidos con ella, royó las entrañas de *Yaguaí*. En aquella nueva vida el *fox-terrier* había adquirido con pasmosa rapidez el aspecto humillado, servil y traicionero de los perros del país. Aprendió entonces a merodear de noche por los ranchos vecinos, avanzando con cautela, las piernas dobladas y elásticas, hudiéndose lentamente al pie de una mata de espartillo al menor rumor hostil. Aprendió a no ladrar por más furor o miedo que tuviera y a gruñir de un modo particularmente sordo cuando el cuzco de un rancho defendía a éste del pillaje. Aprendió a visitar los gallineros, a separar dos platos encimados con el hocico y a llevarse en la boca una lata con grasa, a fin de vaciarla en la impunidad del pajonal. Conoció el gusto de las guascas ensebadas, de los zapatos untados con grasa, del hollín pegoteado de una olla y —alguna vez— de la miel recogida y guardada en un trozo de tacuara. Adquirió la prudencia necesaria para apartarse del camino cuando algún pasajero avanzaba, siguiéndole con los ojos, agachado entre el pasto. Y a fines de enero, de la mirada encendida, las orejas firmes sobre los ojos y el rabo alto y provocador del *fox-terrier,* no quedaba sino un esqueletillo sarnoso, de orejas echadas atrás y rabo hundido y traicionero, que trotaba furtivamente por los caminos.

La sequía continuaba entre tanto; el monte quedó poco a poco desierto, pues los animales se concentraban en los hilos de agua que habían sido grandes arroyos. Los tres perros forzaban la distancia que los separaba del abrevadero de las bestias con éxito mediano, pues siendo aquél muy frecuentado a su vez por los yaguareteí, la caza menor tornábase desconfiada. Fragoso, preocupado por la ruina del rozado y con nuevos disgustos con el propietario de la tierra, no tenía humor para cazar, ni aun por hambre. Y la situación amenazaba así tornarse muy crítica cuando una circunstancia fortuita trajo un poco de aliento a la lamentable jauría.

Fragoso debió ir a San Ignacio, y los cuatro perros, que fueron con él, sintieron en sus narices dilatadas una impresión de frescura vegetal —vaguísima, si se quiere—, pero que acusaba un poco de vida en aquel infierno de calor y seca. En efecto, San Ignacio había sido menos azotado de resultas de lo cual algunos maizales, aunque miserables, se sostenían en pie.

No comieron ese día; pero al regresar jadeando detrás del caballo, los perros no olvidaron aquella sensación de frescura, y a la noche salían juntos en mudo trote hacia San Ignacio. En la orilla del Yabebirí se detuvieron, oliendo el agua y levantando el hocico trémulo a la otra costa. La luna salía entonces, con su amarillenta luz de menguante. Los perros avanzaron cautelosamente sobre el río a flor de piedra, saltando aquí, nadando allá, en un paso que en agua normal no da fondo a tres metros.

Sin sacudirse casi, reanudaron el trote silencioso y tenaz hacia el maizal más cercano. Allí el *fox-terrier* vio cómo sus compañeros quebraban los tallos con los dientes, devorando con secos mordiscos que entraban hasta el marlo, las espigas en choclo. Hizo él lo mismo, y durante una hora en el negro cementerio de árboles quemados, que la fúnebre luz del menguante volvía más espectral, los perros se movieron de aquí para allá entre las cañas, gruñéndose mutuamente.

Volvieron tres veces más, hasta que la última noche un estampido demasiado cercano los puso en guardia. Mas coincidiendo esta aventura con la mudanza de Fragoso a San Ignacio, los perros no lo sintieron mucho.

Fragoso había logrado por fin trasladarse allá al fondo de la colonia. El monte, entretejido de tacuapí, denunciaba tierra excelente; y aquellas inmensas madejas de bambú, tendidas en el suelo con el machete, debían de preparar magníficos rozados.

Cuando Fragoso se instaló, el tacuapí comenzaba a secarse. Rozó y quemó rápidamete un cuarto de hectárea, confiando en algún milagro de lluvia. El tiempo se descompuso, en efecto, el cielo blanco se tornó plomo, y en las horas más calientes se transparentaban en el horizonte lívidas orlas de cúmulos. El termómetro a 39 y el viento norte soplando con furia trajeron al fin doce milímetros de agua, que Fragoso aprovechó para su maíz, muy contento. Lo vio nacer, lo vio crecer magníficamente hasta cinco milímetros. Pero nada más.

En el tacuapí, bajo él y alimentándose acaso de sus brotes, viven infinidad de roedores. Cuando aquél se seca, sus huéspedes se desbandan, el hambre los lleva forzosamente a las plantaciones; y de este modo, los tres perros de Fragoso, que salían una noche, volvieron en seguida restregándose el hocico mordido. Fragoso mató esa misma noche cuatro ratas que asaltaban su lata de grasa.

Yaguaí no estaba allí. Pero a la noche siguiente él y sus compañeros se internaban en el monte (aunque el *fox-terrier* no corría tras el rastro, sabía perfectamente desenfundar tatús y hallar nidos de urúes), cuando *Yaguaí* se sorprendió del rodeo que efectuaban sus compañeros para no cruzar el rozado. *Yaguaí* avanzó por éste, no obstante; y un momento después lo mordían en una pata, mientras rápidas sombras corrían a todos lados.

Yaguaí vio lo que era; e instantáneamente, en plena barbarie de bosque tropical y miseria, surgieron los ojos brillantes, el rabo alto y duro y la actitud batalladora del admirable perro inglés. Hambre, humillación, vicios adquiridos; todo se borró en un segundo ante las ratas que salían de todas partes. Y cuando volvió por fin a echarse ensangrentado, muerto de fatiga, tuvo que saltar tras las ratas hambrientas que invadían literalmente el rancho.

Fragoso quedó encantado de aquella brusca energía de nervios y músculos que no recordaba más, y subió a su memoria el recuerdo del viejo combate con la irara; era la misma mordida sobre la cruz, un golpe seco de mandíbula, y a otra rata.

Comprendió también de dónde provenía aquella nefasta invasión, y con larga serie de juramentos en voz alta dio su maizal por perdido. ¿Qué podía hacer *Yaguaí* solo? Fue al rozado, acariciando al *fox-terrier* y silbó a sus perros; pero apenas los rastreadores de tigres sentían los dientes de las ratas en el hocico chillaban, restregándolos a dos patas. Fragoso y *Yaguaí* hicieron solos el gasto de la jornada, y si el primero sacó de ella la muñeca dolorida, el segundo echaba a respirar burbujas sanguinolentas por la nariz.

En doce días, a pesar de cuanto hicieron Fragoso y el *fox-terrier* para salvarlo, el rozado estaba perdido. Las ratas, al igual que las martinetas, saben muy bien desenterrar el grano adherido aún a la plantita. El tiempo, otra vez de fuego, no permitía ni la sombra de nueva plantación, y Fragoso se vio forzado a ir a San Ignacio en busca de trabajo, llevando al mismo tiempo su perro a Cooper, que él no podía ya entretener poco ni mucho. Lo hacía con verdadera pena, pues las últimas aventuras, colocando al *fox-terrier* en su verdadero teatro de caza, habían levantado muy alto la estima del cazador por el perrito blanco.

En el camino, el *fox-terrier* oyó, lejanas, las explosiones de los pajonales del Yabebirí ardiendo con la sequía; vio a la vera del bosque a las vacas que, soportando la nube de tábanos, empujaban los catiguás con el pecho, avanzando montadas sobre el tronco arqueado hasta alcanzar las hojas. Vio las rígidas tunas del monte tropical dobladas como velas; y sobre el brumoso horizonte de la tarde de 38-

40 grados volvió a ver el sol cayendo asfixiado en un círculo rojo y mate.

Media hora después entraba en San Ignacio, y siendo ya tarde para llegar hasta lo de Cooper, Fragoso aplazó para la mañana siguiente su visita. Los tres perros, aunque muertos de hambre, no se aventuraron mucho a merodear en país desconocido, con excepción de *Yaguaí,* al que el recuerdo, bruscamente despierto, de las viejas carreras delante del caballo de Cooper, llevaba en línea recta a casa de su amo.

Las circunstancias anormales porque pasaba el país con la sequía de cuatro meses —y es preciso saber lo que esto supone en Misiones— hacía que los perros de los peones, ya famélicos en tiempo de abundancia, llevaran sus pillajes nocturnos a un grado intolerable. En pleno día, Cooper había tenido ocasión de perder tres gallinas, arrebatadas por los perros hacia el monte. Y si se recuerda que el ingenio de un poblador haragán llega hasta enseñar a sus cachorros esta maniobra para aprovecharse ambos de la presa, se comprenderá que Cooper perdiera la paciencia, descargando irremisiblemente su escopeta sobre todo ladrón nocturno. Aunque no usaba sino perdigones, la lección era asimismo dura.

Así, una noche, en el momento en que se iba a acostar, percibió su oído alerta el ruido de las uñas enemigas tratando de forzar el tejido de alambre. Con un gesto de fastidio descolgó la escopeta y saliendo afuera vio una mancha blanca que avanzaba dentro del patio. Rápidamente hizo fuego, y a los aullidos traspasantes del animal arrastrándose sobre las patas traseras, tuvo un fugitivo sobresalto, que no pudo explicar y se desvaneció en seguida. Llegó hasta el lugar, pero el perro había desaparecido ya, y entró de nuevo en la casa.

—¿Qué fue, papá? —le preguntó desde la cama su hija—. ¿Un perro?

—Sí —repuso Cooper colgando la escopeta—. Le tiré un poco de cerca . . .

—¿Grande el perro, papá?

—No, chico.

—¡Pobre *Yaguaí!* —prosiguió Julia—. ¡Cómo estará!

Súbitamente Cooper recordó la impresión sufrida al oír aullar al perro: algo de su *Yaguaí* había allí . . . Pero pensando también en cuán remota era esa probabilidad, se durmió tranquilo.

Fue a la mañana siguiente, muy temprano, cuando Cooper, siguiendo el rastro de sangre, halló a su *fox-terrier* muerto al borde del pozo del bananal.

De pésimo humor volvió a la casa, y la primera pregunta de Julia fue por el perro chico.

—¿Murió, papá?

—Sí, allá en el pozo . . . es *Yaguaí.*

Cogió la pala, y seguido de sus dos hijos, consternados, fue al pozo. Julia, después de mirar un momento inmóvil, se acercó despacio a sollozar junto al pantalón de Cooper.

—¡Qué hiciste, papá!

—No sabía, chiquita . . . Apártate un momento.

En el bananal enterró a su perro, apisonó la tierra encima y regresó profundamente disgustado, llevando de la mano a sus dos chicos, que lloraban despacio para que su padre no los sintiera.

LOS PESCADORES DE VIGAS

El motivo fue cierto juego de comedor que míster Hall no tenía aún, y su fonógrafo le sirvió de anzuelo.

Candiyú lo vio en la oficina provisoria de la "Yerba Company", donde míster Hall maniobraba su fonógrafo a puerta abierta.

Candiyú, como buen indígena, no manifestó sorpresa alguna, contentándose con detener su caballo un poco al través ante el chorro de luz y mirar a otra parte. Pero como un inglés a la caída de la noche, en mangas de camisa por el calor y con una botella de *whisky* al lado es cien veces más circunspecto que cualquier mestizo, míster Hall no levantó la vista del disco. Con lo que, vencido y conquistado, Candiyú concluyó por arrimar su caballo a la puerta, en cuyo umbral apoyó el codo.

—Buenas noches, patrón. ¡Linda música!

—Sí, linda —reposo míster Hall.

—¡Linda! —repitió el otro—. ¡Cuánto ruido!

—Sí, mucho ruido —asintió míster Hall, que hallaba no desprovistas de profundidad las observaciones de su visitante.

Candiyú admiraba los nuevos discos:

—¿Te costó mucho a usted, patrón?

—Costo . . . ¿qué?

—Ese hablero . . . los mozos que cantan.

La mirada turbia, inexpresiva de míster Hall se aclaró. El contador comercial surgía.

—¡Oh, cuesta mucho! . . . ¿Usted quiere comprar?

—Si usted querés venderme . . . —contestó por decir algo Candiyú, convencido de antemano de la imposibilidad de tal compra. Pero míster Hall proseguía mirándolo con pesada fijeza, mientras la membrana saltaba del disco a fuerza de marchas metálicas.

—Vendo barato a usted . . . ¡cincuenta pesos!

Candiyú sacudió la cabeza, sonriendo al aparato y a su maquinista, alternativamente:

— ¡Mucha plata! No tengo.

— ¿Usted qué tiene, entonces?

El hombre sonrió de nuevo, sin responder.

— ¿Dónde usted vive? —prosiguió míster Hall, evidentemente decidido a desprenderse de su gramófono.

— En el puerto.

— ¡Ah! Yo conozco a usted . . . ¿Usted llama Candiyú?

— Me llama . . .

— ¿Y usted pesca vigas?

— A veces, alguna viguita sin dueño . . .

— ¡Vendo por vigas! . . . Tres vigas aserradas. Yo mando carreta. ¿Conviene?

Candiyú se reía

— No tengo ahora. Y esa . . . maquinaria, ¿tiene mucha delicadeza?

— No; botón acá, y botón allá . . . ; yo enseño. ¿Cuándo tiene madera?

— Alguna creciente . . . Ahora ha de venir una. ¿Y qué palo querés usted?

— Palo rosa. ¿Conviene?

— ¡Hum! . . . No baja ese palo casi nunca . . . Mediante una creciente grande solamente. ¡Lindo palo! Te gusta palo bueno a usted . . .

— Y usted lleva buen gramófono. ¿Conviene?

El mercado prosiguió a son de cantos británicos, el indígena esquivando la vía recta y el contador acorralándolo en el pequeño círculo de la precisión. En el fondo, y descontados el calor y el *whisky,* el ciudadano inglés no hacía un mal negocio cambiando un perro gramófono por varias docenas de bellas tablas, mientras el pescador de vigas, a su vez, entregaba algunos días de habitual trabajo a cuenta de una maquinita prodigiosamente *ruidera.*

Por lo cual el mercado se realizó a tanto tiempo de plazo.

Candiyú vive en la costa del Paraná desde hace treinta años; y su hígado es aún capaz de eliminar cualquier cosa después del último ataque de fiebre en diciembre pasado, debe vivir todavía unos meses más. Pasa ahora los días sentado en su catre de varas, con el sombrero puesto. Sólo sus manos, lívidas zarpas veteadas de verde, que penden inmensas de las muñecas, como proyectadas monótonamente sin cesar, con temblor de loro implume.

Pero en aquel tiempo Candiyú era otra cosa. Tenía entonces por oficio honorable el cuidado de un bananal ajeno y —poco menos lícito— el de pescar vigas. Normalmente, y sobre todo en época de creciente, derivan vigas escapadas de los obrajes, bien que se desprenden de una jangada en formación, bien que un peón bromista corte de un machetazo la soga que las retiene. Candiyú era poseedor de un anteojo telescocopado, y pasaba las mañanas apuntando al agua hasta que la línea blanquecina de una viga, destacándose en la punta de Itacurubí, lo lanzaba en su chalana al encuentro de la presa. Vista la viga a tiempo la empresa no es extraordinaria, porque la pala de un hombre de coraje recostado o halando de una pieza de 10 por 40 vale cualquier remolcador.

▼▼▼

Allá en el obraje de Castelhum, más arriba de Puerto Felicidad, las lluvias habían comenzado después de sesenta y cinco días de seca absoluta, que no dejó llanta en las alzaprimas. El haber realizable del obraje consistía en ese momento en siete mil vigas —bastante más que una fortuna—. Pero como las dos toneladas de una viga mientras no estén en el puerto no pesan dos escrúpulos en caja, Castelhum y Compañía distaban muchísimas leguas de estar contentos.

De Buenos Aires llegaron órdenes de movilización inmediata; el encargado del obraje pidió mulas y alzaprimas; le respondieron que con el dinero de la primera jangada a recibir le remitirían las mulas, y el encargado contestó que con esas mulas anticipadas les mandaría la primera jangada.

No había modo de entenderse. Castelhum subió hasta el obraje y vio el *stock* de madera en el campamento, sobre la barranca del Ñacanguazú al norte.

—¿Cuánto? —preguntó Castelhum a su encargado.

—Treinta y cinco mil pesos —repuso éste.

Era lo necesario para trasladar las vigas al Paraná. Y sin contar la estación impropia.

Bajo la lluvia, que unía en un solo hilo de agua su capa de goma y su caballo, Castelhum consideró largo rato el arroyo arremolinado. Señalando luego el torrente con un movimiento del capuchón:

—¿Las aguas llegarán a cubrir el salto? —preguntó.

—Si llueve mucho, sí.

—¿Tiene todos los hombres en el obraje?

Hasta ese momento, esperaba órdenes suyas.

—Bien —dijo Castelhum—. Creo que vamos a salir bien. Óigame, Fernández: esta misma tarde refuerce la maroma en la barra y comience a arrimar todas las vigas aquí a la barranca. El arroyo está limpio, según me dijo. Mañana de mañana bajo a Posadas, y desde entonces, con el primer temporal que venga eche los palos al arroyo. ¿Entiende? Una buena lluvia.

El mayordomo lo miró abriendo cuanto pudo los ojos.

—La maroma va a ceder antes que lleguen mil vigas.

—Ya sé, no importa. Y nos costará muchísimos pesos. Volvamos y hablaremos más largo.

Fernández se encogió de hombros, y silbó a los capataces.

En el resto del día, sin lluvia, pero empapados en calma de agua, los peones tendieron de una orilla a otra en la barra del arroyo la cadena de vigas, y el tumbaje de palos comenzó en el campamento. Castelhum bajó a Posadas sobre un agua de inundación que iba corriendo siete millas, y que al salir del Guayrá se había alzado siete metros la noche anterior.

Tras gran sequía grandes lluvias. A mediodía comenzó el diluvio, y durante cincuenta y dos horas consecutivas el monte tronó de agua. El arroyo, venido a torrente, pasó a rugiente avalancha de agua roja. Los peones, calados hasta los huesos, con su flacura en relieve por la ropa pegada al cuerpo, despeñaban las vigas por la barranca. Cada esfuerzo arrancaba un unísono grito de ánimo, y cuando la monstruosa viga rodaba dando tumbos y se hundía con un cañonazo en el agua, todos los peones lanzaban su ¡a . . . hijú! de triunfo. Y luego los esfuerzos malgastados en el barro líquido, la zafadura de las palancas, las costaladas bajo la lluvia torrencial. Y la fiebre.

Bruscamente, por fin, el diluvio cesó. En el súbito silencio circundante se oyó el tronar de la lluvia todavía sobre el bosque inmediato. Más sordo y más hondo, el retumbo del Ñacanguazú. Algunas gotas, distanciadas y livianas, caían aún del cielo exhausto. Pero el tiempo proseguía cargado, sin el más ligero soplo. Se respiraba agua, y apenas los peones hubieron descansado un par de horas, la lluvia recomenzó —la lluvia a plomo, maciza y blanca de las crecidas—. El trabajo urgía —los sueldos habían subido valientemente—, y mientras el temporal siguió, los peones continuaron gritando, cayéndose y tumbando bajo el agua helada.

En la barra del Ñacanguazú, la barrera flotante contuvo a los primeros palos que llegaron y resistió arqueada y gimiendo a muchos más, hasta que, al empuje incontenible de las vigas que llegaban como catapultas contra la maroma, el cable cedió.

▼▼▼

Candiyú observaba el río con su anteojo, considerando que la creciente actual, que allí en San Ignacio había subido dos metros más el día anterior —llevándose, por lo demás, su chalana— sería más allá de Posadas formidable inundación. Las maderas habían comenzado a descender, cedros o poco menos, y el pescador reservaba prudentemente sus fuerzas.

Esa noche el agua subió un metro aún, y a la tarde siguiente Candiyú tuvo la sorpresa de ver en el extremo de su anteojo una barra, una verdadera tropa de vigas sueltas que doblaban la punta de Itacurubí. Madera de lomo blanquecino y perfectamente seca.

Allí estaba su lugar. Saltó en su guabiroba y paleó al encuentro de la caza.

Ahora bien, en una creciente del Alto Paraná se encuentran muchas cosas antes de llegar a la viga elegida. Árboles enteros, desde luego, arrancados de cuajo y con las raíces negras al aire, como pulpos. Vacas y mulas muertas, en compañía de buen lote de animales salvajes ahogados, fusilados o con una flecha plantada aún sobre su raigón. Algún tigre, tal vez, camalote y espuma a discreción —sin contar, claro está, las víboras.

Candiyú esquivó, derivó, tropezó y volcó muchas veces más de las necesarias hasta llegar a la presa. Al fin la tuvo; un machetazo puso al vivo la veta sanguínea del palo rosa, y recostándose a la viga pudo derivar con ella oblicuamente algún trecho. Pero las ramas, los árboles, pasaban sin cesar arrastrándolo. Cambió de táctica; enlazó su presa y comenzó entonces la lucha muda y sin tregua, echando silenciosamente el alma a cada palada.

Una viga derivando con una gran creciente lleva un impulso suficientemente grande para que tres hombres titubeen antes de atreverse con ella. Pero Candiyú unía a su gran aliento, treinta años de piraterías en río bajo o alto y deseaba además ser dueño de un gramófono.

La noche que caía le deparó incidentes a su plena satisfacción. El río, a flor de ojo casi, corría velozmente con untuosidad de aceite. A ambos lados pasaban sin cesar sombras densas. Un hombre ahogado tropezó con la guabirola; Candiyú se inclinó y vio que tenía la garganta abierta. Luego, visitantes incómodos, víboras al asalto, las mismas que en las crecientes trepan por las ruedas de los vapores hasta los camarotes.

El hercúleo trabajo proseguía, la pala temblaba bajo el agua, pero era arrastrado a pesar de todo. Al fin se rindió; cerró más el ángulo de abordaje y sumó sus últimas fuerzas para alcanzar el borde de la canal, que rozaba los peñascos del Teyucuaré. Durante diez minutos el pescador de vigas, los tendones del cuello duros y los pectores como piedras, hizo lo que jamás volverá a hacer nadie para salir de la canal en una creciente, con una viga de remolque. La guabiroba se estrelló por fin contra las piedras, se tumbó, justamente cuando a Candiyú quedaba fuerza suficiente —y nada más— para sujetar la soga y desplomarse de boca.

Solamente un mes más tarde tuvo míster Hall sus tres docenas de tablas, y veinte segundos después entregaba a Candiyú el gramófono, incluso veinte discos.

La firma Castelhum y Compañía, no obstante la flotilla de lanchas de vapor que lanzó contra las vigas —y esto por bastante más de treinta días—, perdió muchas. Y si alguna vez Castelhum llega a San Ignacio y visita a míster Hall, admirará sinceramente los muebles del citado contador, hechos de palo de rosa.

La miel silvestre

Tengo en el Salto Oriental dos primos, hoy hombres ya, que a sus doce años, y a consecuencia de profundas lecturas de Julio Verne, dieron en la rica empresa de abandonar su casa para ir a vivir al monte. Éste queda a dos leguas de la ciudad. Allí vivirían primitivamente de la caza y de la pesca. Cierto es que los dos muchachos no se habían acordado particularmente de llevar escopetas ni anzuelos; pero, de todos modos, el bosque estaba allí, con su libertad como fuente de dicha y sus peligros como encanto.

Desgraciadamente, al segundo día fueron hallados por quienes los buscaban. Estaban bastante atónitos todavía, no poco débiles, y con gran asombro de sus hermanos menores —iniciados también en J. Verne— sabían aún andar en dos pies y recordaban el habla.

La aventura de los dos robinsones, sin embargo, fuera acaso más formal de haber tenido como teatro otro bosque menos dominguero. Las escapatorias llevan aquí en Misiones a límites imprevistos, y a ello arrastró a Gabriel Benincasa el orgullo de su *stromboot*.

Benincasa, habiendo concluido sus estudios de contaduría pública, sintió fulminante deseo de conocer la vida de la selva. No fue arrastrado por su temperamento, pues antes bien Benincasa era un muchacho pacífico, gordinflón y de cara rosada, en razón de su excelente salud. En consecuencia, lo suficiente cuerdo para preferir un té con leche y pastelitos a quién sabe qué fortuita e infernal comida del bosque. Pero así como el soltero que fue siempre juicioso cree de su deber, la víspera de sus bodas, despedirse de la vida libre con una noche de orgía en compañía de sus amigos, de igual modo Benincasa quiso honrar su vida aceitada con dos o tres choques de vida intensa.

Y por este motivo remontaba el Paraná hasta un obraje, con sus famosos *stromboot*.

Apenas salido de Corrientes había calzado sus recias botas, pues los yacarés de la orilla calentaban ya el paisaje. Mas a pesar de ello el contador público cuidaba mucho de su calzado, evitándole arañazos y sucios contactos.

De este modo llegó al obraje de su padrino, y a la hora tuvo éste que contener el desenfado de su sobrino.

—¿Adónde vas ahora? —le había preguntado sorprendido.

—Al monte; quiero recorrerlo un poco —repuso Benincasa, que acababa de colgarse el winchester al hombro.

—¡Pero, infeliz! No vas a poder dar un paso. Sigue la picada, si quieres . . . O mejor deja esa arma y mañana te haré acompañar por un peón.

Benincasa renunció a su paseo. No obstante, fue hasta la vera del bosque y se detuvo. Intentó vagamente un paso adentro, y quedó quieto. Metióse las manos en los bolsillos y miró detenidamente aquella inextricable maraña, silbando débilmente aires truncos. Después de observar de nuevo el bosque a uno y otro lado, retornó bastante desilusionado.

Al día siguiente, sin embargo recorrió la picada central por espacio de una legua, y aunque su fusil volvió profundamente dormido, Benincasa no deploró el paseo. Las fieras llegarían poco a poco.

Llegaron éstas a la segunda noche —aunque de un carácter un poco singular.

Benincasa dormía profundamente, cuando fue despertado por su padrino.

—¡Eh, dormilón! Levántate que te van a comer vivo.

Benincasa se sentó bruscamente en la cama, alucinado por la luz de los tres faroles de viento que se movían de un lado a otro de la pieza. Su padrino y dos peones regaban el piso.

—¿Qué hay, qué hay? —preguntó echándose al suelo.

—Nada . . . Cuidado con los pies . . . La *corrección*.

Benincasa había sido ya enterado de las curiosas hormigas a que llamamos *corrección*. Son pequeñas, negras, brillantes y marchan velozmente en ríos más o menos anchos. Son esencialmente carnívoras. Avanzan devorando todo lo que encuentran a su paso: arañas, grillos, alacranes, sapos, víboras, y a cuanto ser no pueda resistirles. No hay animal, por grande y fuerte que sea, que no huya de ellas. Su entrada en una casa supone la exterminación absoluta de todo ser viviente, pues no hay rincón ni agujero profundo donde no se precipite el río devorador. Los perros aúllan, los bueyes mugen, y es forzoso abandonarles la casa, a trueque de ser roído en diez horas hasta el esqueleto. Permanecen en un lugar uno, dos, hasta cinco días, según su riqueza en insectos, carne o grasa. Una vez devorado todo, se van.

No resisten, sin embargo, a la creolina o droga similar; y como en el obraje abunda aquélla, antes de una hora el chalet quedó libre de la *corrección.*

Benincasa se observaba muy de cerca, en los pies, la placa lívida de una mordedura.

—¡Pican muy fuerte, realmente! —dijo sorprendido, levantando la cabeza hacia su padrino.

Éste, para quien la observación no tenía ya ningún valor, no respondió, felicitándose, en cambio, de haber contenido a tiempo la invasión. Benincasa reanudó el sueño, aunque sobresaltado toda la noche por pesadillas tropicales.

Al día siguiente se fue al monte, esta vez con un machete, pues había concluido por comprender que tal utensilio le sería en el monte mucho más útil que el fusil. Cierto es que su pulso no era maravilloso, y su acierto mucho menos. Pero de todos modos lograba trozar las ramas, azotarse la cara y cortarse las botas; todo en uno.

El monte crepuscular y silencioso lo cansó pronto. Dábale la impresión —exacta por lo demás— de un escenario visto de día. De la bullente vida tropical no hay a esa hora más que teatro helado; ni un animal, ni un pájaro, ni un ruido casi. Benincasa volvía, cuando un sordo zumbido le llamó la atención. A diez metros de él, en un tronco hueco, diminutas abejas aureolaban la entrada del agujero. Se acercó con cautela y vio en el fondo de la abertura diez o doce bolas oscuras, del tamaño de un huevo.

—Esto es miel —se dijo el contador público con íntima gula—. Deben de ser bolsitas de cera, llenas de miel . . .

Pero entre él —Benincasa— y las bolsitas estaban las abejas.

Después de un momento de descanso, pensó en el fuego; levantaría una buena humareda. La suerte quiso que mientras el ladrón acercaba cautelosamente la hojarasca húmeda, cuatro o cinco abejas se posaran en su mano, sin picarlo. Benincasa cogió en seguida, y oprimiéndose el abdomen constató que no tenía aguijón. Su saliva, ya liviana, se clarificó en melífica abundancia. ¡Maravillosos y buenos animalitos!

En un instante el contador desprendió las bolsitas de cera, y alejándose un buen trecho para escapar al pegajoso contacto de las abejas, se sentó en un raigón. De las doce bolsas, siete contenían polen. Pero las restantes estaban llenas de miel, una miel oscura, de sombría transparencia, que Benincasa paladeó golosamente. Sabía distintamente a algo. ¿A qué? El contador no pudo precisarlo. Acaso a resina de frutales o de eucaliptus. Y por igual motivo, tenía la densa miel un vago dejo áspero. ¡Mas qué perfume, en cambio!

Benincasa, una vez bien seguro de que sólo cinco bolsitas le serían útiles, comenzó. Su idea era sencilla: tener suspendido el panal goteante sobre su boca. Pero como la miel era espesa, tuvo que agrandar el agujero, después de haber permanecido medio minuto con la boca inútilmente abierta. Entonces la miel asomó, adelgazándose en pesado hilo hasta la lengua del contador.

Uno tras otro, los cinco panales se vaciaron así dentro de la boca de Benincasa. Fue inútil que éste prolongara la suspensión, y mucho más que repasara los globos exhaustos; tuvo que resignarse.

Entre tanto, la sostenida posición de la cabeza en alto lo había mareado un poco. Pesado de miel, quieto y los ojos bien abiertos, Benincasa consideró de nuevo el monte crepuscular. Los árboles y el suelo tomaban posturas por demás oblicuas y su cabeza acompañaba el vaivén del paisaje.

Qué curioso mareo . . . —pensó el contador—, y lo peor es . . .

Al levantarse e intentar dar un paso, se había visto obligado a caer de nuevo sobre el tronco. Sentía su cuerpo de plomo, sobre todo las piernas, como si estuvieran inmensamente hinchadas. Y los pies y las manos le hormigueaban.

—¡Es muy raro, muy raro, muy raro! —se repitió estúpidamente Benincasa, sin escudriñar, sin embargo, el motivo de esa rareza—. Como si tuviera hormigas . . . La *corrección* —concluyó.

Y de pronto la respiración se le cortó en seco de espanto.

—¡Debe de ser la miel! . . . ¡Es venenosa! . . . ¡Estoy envenenado!

Y a un segundo esfuerzo para incorporarse, se le erizó el cabello de terror: no había podido aún moverse. Ahora la sensación de plomo y el hormigueo subían hasta la cintura. Durante un rato de horror de morir allí, miserablemente solo, lejos de su madre y sus amigos, le cohibió todo medio de defensa.

—Voy a morir ahora! . . . ¡De aquí a un rato voy a morir! . . . ¡Ya no puedo mover la mano!

En su pánico constató, sin embargo, que no tenía fiebre ni ardor de garganta, y el corazón y los pulmones conservaban su ritmo normal. Su angustia, cambió de forma.

—¡Estoy paralítico, es la parálisis! Y no me van a encontrar . . .

Pero una invencible somnolencia comenzaba a apoderarse de él, dejándole íntegras sus facultades, a la par que el mareo se aceleraba. Creyó así notar que el suelo oscilante se volvía negro y se agitaba vertiginosamente. Otra vez subió a su memoria el recuerdo de la *corrección,* y en su pensamiento se fijó como una suprema angustia la posibilidad de que eso negro que invadía el suelo . . .

Tuvo aún fuerzas para arrancarse a este último espanto, y de pronto lanzó un grito, un verdadero alarido, en que la voz del hombre recobra la tonalidad del niño aterrado: por sus piernas trepaba un precipitado río de hormigas negras. Alrededor de él la *corrección* devoradora oscurecía el suelo, y el contador sintió, por debajo del calzoncillo, el río de hormigas carnívoras que subían.

Su padrino halló por fin, dos días después, y sin la menor partícula de carne, el esqueleto cubierto de ropa de Benincasa. La *corrección* que merodeaba aún por allí y las bolsitas de cera lo iluminaron suficientemente.

No es común que la miel silvestre tenga esas propiedades narcóticas o paralizantes, pero se la halla. Las flores con igual carácter abundan en el trópico, y ya el sabor de la miel denuncia en la mayoría de los casos su condición —tal el dejo a resina de eucaliptus que creyó sentir Benincasa.

Nuestro primer cigarro

Ninguna época de mayor alegría que la que nos proporcionó a María y a mí nuestra tía con su muerte.

Lucía volvía de Buenos Aires, donde había pasado tres meses. Esa noche, cuando nos acostábamos, oímos que Lucía decía a mamá:

—¡Qué extraño! . . . Tengo las cejas hinchadas.

Mamá examinó seguramente las cejas de nuestra tía, pues después de un rato contestó:

—Es cierto . . . ¿No sientes nada?

—No . . . sueño.

Al día siguiente, hacia las dos de la tarde, notamos de pronto fuerte agitación en la casa, puertas que se abrían y no se cerraban, diálogos cortados de exclamaciones, y semblantes asustados. Lucía tenía viruela, y de cierta especie hemorrágica que había adquirido en Buenos Aires.

Desde luego, a mi hermana y a mí nos entusiasmó el drama. Las criaturas tienen casi siempre la desgracia de que las grandes cosas no pasen en su casa. Esta vez nuestra tía — ¡casualmente nuestra tía! — ¡enferma de viruela! Yo, chico feliz, contaba ya en mi orgullo la amistad de un agente de policía, y el contacto con un payaso que saltando las gradas había tomado asiento a mi lado. Pero ahora el gran acontecimiento pasaba en nuestra propia casa; y al comunicarlo al primer chico que se detuvo en la puerta de calle a mirar, había ya en mis ojos la vanidad con que una criatura de riguroso luto pasa por primera vez ante sus vecinillos atónitos y envidiosos.

Esa misma tarde salimos de casa, instalándonos en la única que pudimos hallar con tanta premura, una vieja quinta de los alrededores. Una hermana de mamá, que había tenido viruela en su niñez, quedó al lado de Lucía.

Seguramente en los primeros días mamá pasó crueles angustias por sus hijos, que habían besado a la virolenta. Pero en cambio, nosotros, convertidos en furiosos robinsones, no teníamos tiempo para acordarnos de nuestra tía. Hacía mucho tiempo que la quinta dormía en su sombrío y húmedo sosiego. Naranjos blanquecinos de diaspis; duraznos rajados en la horqueta; membrillos con aspecto de mimbres; higueras rastreantes a fuerza de abandono, aquello daba, en su tupida hojarasca que ahogaba los pasos, fuerte sensación de paraíso.

Nosotros no éramos precisamente Adán y Eva; pero sí heroicos robinsones, arrastrados a nuestro destierro por una desgracia de familia; la muerte de nuestra tía, acaecida cuatro días después de comenzar nuestra exploración.

Pasábamos el día entero huroneando por la quinta bien que las higueras, demasiado tupidas al pie, nos inquietaran un poco. El pozo también suscitaba nuestras preocupaciones geográficas. Era éste un viejo pozo inconcluso, cuyos trabajos se habían detenido a los catorce metros sobre un fondo de piedra, y que desaparecía ahora entre los culantrillos y doradillas de sus paredes. Era, sin embargo, menester explorarlo, y por vía de avanzada logramos con infinitos esfuerzos llevar hasta su borde una gran piedra. Como el pozo quedaba oculto tras un macizo de cañas, nos fue permitida esta maniobra sin que mamá se enterase. No obstante, María, cuya inspiración poética privó siempre en nuestras empresas, obtuvo que aplazáramos el fenómeno hasta que una gran lluvia, llenando a medias el pozo, nos proporcionara satisfacción artística a la par que científica.

Pero lo que sobre todo atrajo nuestros asaltos diarios, fue el cañaveral. Tardamos dos semanas enteras en explorar como era debido aquel diluviano enredo de varas verdes, varas secas, varas verticales, varas dobladas, atravesadas, rotas, hacia tierra. Las hojas secas, detenidas en su caída, entretejían el macizo, que llenaba el aire de polvo y briznas al menor contacto.

Aclaramos el secreto, sin embargo, y sentados con mi hermana en la sombría guarida de algún rincón, bien juntos y mudos en la semioscuridad, gozamos horas enteras el orgullo de no sentir miedo.

Fue allí donde una tarde, avergonzados de nuestra poca iniciativa, inventamos fumar. Mamá era viuda; con nosotros vivían habitualmente dos hermanas suyas, y en aquellos momentos un hermano, precisamente el que había venido con Lucía a Buenos Aires.

Este tío de veinte años, muy elegante y presumido, habíase atribuido sobre nosotros dos cierta potestad que mamá, con el disgusto actual y su falta de carácter, fomentaba.

María y yo, por de pronto, profesábamos cordialísima antipatía al padrastrillo.

—Te aseguro —decía él a mamá, señalándonos con el mentón— que desearía vivir siempre contigo para vigilar a tus hijos. Te van a dar mucho trabajo.

—¡Déjalos! —respondía mamá, cansada.

Nosotros no decíamos nada; pero nos mirábamos por encima del plato de sopa.

A este severo personaje, pues, habíamos robado un paquete de cigarrillos; y aunque nos tentaba iniciarnos súbitamente en la viril virtud, esperamos el artefacto. Éste consistía en una pipa que yo había fabricado con un trozo de caña, por depósito; una varilla de cortina, por boquilla; y por cemento, masilla de un vidrio recién colocado. La pipa era perfecta: grande, liviana y de varios colores.

En nuestra madriguera del cañaveral cargámosla María y yo con religiosa y firme unción. Cinco cigarrillos dejaron su tabaco adentro; y sentándonos entonces con las rodillas altas, encendí la pipa y aspiré. María, que devoraba mi acto con los ojos, notó que los míos se cubrían de lágrimas: jamás se ha visto ni verá cosa más abominable. Deglutí, sin embargo, valerosamente, la nauseosa saliva.

—¿Rico? —me preguntó María, ansiosa, tendiendo la mano.

—Rico —le contesté pasándole la horrible máquina.

María chupó, y con más fuerza aún. Yo, que la observaba atentamente, noté a mi vez sus lágrimas y el movimiento simultáneo de labios, lengua y garganta, rechazando aquello. Su valor fue mayor que el mío.

—Es rico —dijo con los ojos llorosos y haciendo casi un puchero. Y se llevó heroicamente otra vez a la boca la varilla de bronce.

Era inminente salvarla. El orgullo, sólo él, la precipitaba de nuevo a aquel infernal humo con gusto a sal de Chantaud, el mismo orgullo que me había hecho alabarle la nauseabunda fogata.

—¡Pst! —dije bruscamente, prestando oído—; me parece el gargantillo del otro día . . . debe de tener nido aquí . . .

María se incorporó, dejando la pipa de lado; y con el oído atento y los ojos escudriñantes, nos alejamos de allí, ansiosos aparentemente de ver al animalito, pero en verdad, asidos como moribundos a aquel honorable pretexto de mi invención para retirarnos prudentemente del tabaco sin que nuestro orgullo sufriera.

Un mes más tarde volví a la pipa de caña, pero entonces con muy distinto resultado.

Por alguna que otra travesura nuestra, el padrastrillo habíanos ya levantado la voz mucho más duramente de lo que podíamos permitirle mi hermana y yo. Nos quejamos a mamá.

—¡Bah, no hagan caso! —nos respondió, sin oírnos casi—; él es así.

—¡Es que nos va a pegar un día! —gimoteó María.

—Si ustedes no le dan motivos, no. ¿Qué la han hecho? —añadió dirigiéndose a mí.

—Nada, mamá . . . ¡Pero yo no quiero que me toque! —objeté a mi vez.

En ese momento entró nuestro tío.

—¡Ah! Aquí está el buena pieza de tu Eduardo . . . ¡Te va a sacar canas este hijo, ya verás!

—Se quejan de que quieres pegarles.

—¿Yo? —exclamó el padrastrillo, midiéndose—. No lo he pensado aún. Pero en cuanto me falten el respeto . . .

—Y harás bien —asintió mamá.

—¡Yo no quiero que me toque! —repetí enfurruñado y rojo—. ¡Él no es papá!

—Pero a falta de tu pobre padre, es tu tío. ¡En fin déjenme tranquila! —concluyó apartándonos.

Solos en el patio, María y yo nos miramos con altivo fuego en los ojos.

—¡Nadie me va a pegar a mí! —asentí.

—¡No . . . ni a mí tampoco! —apoyó ella, por la cuenta que le iba.

—¡Es un zonzo!

Y la inspiración vino bruscamente, y como siempre, a mi hermana, con furibunda risa y marcha triunfal:

—¡Tío Alfonso . . . es un zonzo! ¡Tío Alfonso . . . es un zonzo!

Cuando un rato después tropecé con el padrastrillo, me pareció,
por su mirada, que nos había oído. Pero ya habíamos planteado la
historia del Cigarro Pateador, epíteto éste a la mayor gloria de la mula
Maud.

El cigarro pateado, consistió, en sus líneas elementales, en un
cohete que rodeado de papel de fumar, fue colocado en el atado de
cigarrillos que tío Alfonso tenía siempre en su velador, usando de
ellos a la siesta.

Un extremo había sido cortado a fin de que el cigarro no afecta-
ra excesivamente al fumador. Con el violento chorro de chispas había
bastante, y en su total, todo el éxito estribaba en que nuestro tío,
adormilado, no se diera cuenta de la singular rigidez de su cigarrillo.

Las cosas se precipitan a veces de tal modo, que no hay tiempo
ni aliento para contarlas. Sólo sé que una siesta el padrastrillo salió
como una bomba de su cuarto, encontrando a mamá en el comedor.

—¡Ah, estás acá! ¿Sabes lo que han hecho? ¡Te juro que esta
vez se van a acordar de mí!

—¡Alfonso!

—¿Qué? ¡No faltaba más que tú también! . . . ¡Si no sabes edu-
car a tus hijos, yo lo voy a hacer!

Al oír la voz furiosa del tío, yo, que me ocupaba inocentemente
con mi hermana en hacer rayitas en el brocal del aljibe, evolucioné
hasta entrar por la segunda puerta del comedor, y colocarme detrás
de mamá. El padrastrillo me vio entonces y se lanzó sobre mí.

—¡Yo no hice nada! —grité.

—¡Espérate! —rugió mi tío, corriendo tras de mí, alrededor de
la mesa.

—¡Alfonso, déjalo!

—¡Después te lo dejaré!

—¡Yo no quiero que me toque!

—¡Vamos, Alfonso! ¡Pareces una criatura!

Esto era lo último que se podía decir al padrastrillo. Lanzó un
juramento y sus piernas en mi persecución con tal velocidad, que

estuvo a punto de alcanzarme. Pero en ese instante yo salía como de una honda por la puerta abierta, y disparaba hacia la quinta, con mi tío detrás.

En cinco segundos pasamos como una exhalación por los durazneros, los naranjos y los perales, y fue en este momento cuando la idea del pozo, y su piedra surgió terriblemente nítida.

—¡No quiero que me toque! —grité aún.

—¡Espérate!

En ese instante llegamos al cañaveral.

—¡Me voy a tirar al pozo! —aullé para que mamá me oyera.

—¡Yo soy el que te voy a tirar!

Bruscamente desaparecí a sus ojos tras las cañas; corriendo siempre, di un empujón a la piedra exploradora que esperaba una lluvia, y salté de costado, hundiéndome bajo la hojarasca.

Tío desembocó en seguida, a tiempo que dejando de verme, sentía allá en el fondo del pozo el abominable zumbido de un cuerpo que se aplastaba.

El padrastrillo se detuvo, totalmente lívido; volvió a todas partes sus ojos dilatados, y se aproximó al pozo. Trató de mirar adentro, pero los culantrillos se lo impidieron. Entonces pareció reflexionar, y después de una atenta mirada al pozo y sus alrededores comenzó a buscarme.

Como desgraciadamente para el caso, hacía poco tiempo que el tío Alfonso cesara a su vez de esconderse para evitar los cuerpo a cuerpo con sus padres, conservaba aún muy frescas las estrategias subsecuentes, e hizo por mi persona cuanto era posible hacer para hallarme.

Descubrió en seguida mi cubil, volviendo pertinazmente a él con admirable olfato; pero aparte de que la hojarasca diluviana me ocultaba de todo, el ruido de mi cuerpo estrellándose obsediaba a mi tío, que no buscaba bien, en consecuencia.

Fue, pues, resuelto que yo yacía aplastado en el fondo del pozo, dando entonces principio a lo que llamaríamos mi venganza póstuma. El caso era bien claro: ¿con qué cara mi tío contaría a mamá que yo me había suicidado para evitar que él me pegara?

Pasaron diez minutos.

—¡Alfonso! —sonó de pronto la voz de mamá en el patio.

—¿Mercedes? —respondió aquel tras una brusca sacudida.

Seguramente mamá presintió algo, porque su voz sonó de nuevo alterada.

—¿Y Eduardo? ¿Dónde está? —agregó avanzando.

—¡Aquí, conmigo! —contestó riendo—. Ya hemos hecho las paces.

Como de lejos mamá no podía ver su palidez ni la ridícula mueca que él pretendía ser beatífica sonrisa, todo fue bien.

—¿No le pegaste, no? —insistió mamá.

—No. ¡Si fue una broma!

Mamá entró de nuevo. ¡Broma! Broma comenzaba a ser la mía para el padrastrillo.

Celia, mi tía mayor, que había concluido de dormir la siesta, cruzó el patio Y Alfonso la llamó en silencio con la mano. Momentos después Celia lanzaba un ¡oh! ahogado, llevándose las manos a la cabeza.

—¡Pero, cómo! ¡Qué horror! ¡Pobre, pobre Mercedes! ¡Qué golpe!

Era menester resolver algo antes que Mercedes se enterara. ¿Sacarme con vida aún? . . . El pozo tenía catorce metros sobre piedra viva. Tal vez, quién sabe . . . Pero para ello sería preciso traer sogas, hombres; y Mercedes . . .

—¡Pobre, pobre madre! —repetía mi tía.

Justo es decir que para mí, el pequeño héroe, mártir de su dignidad corporal, no hubo una sola lágrima. Mamá acaparaba todos los entusiasmos de aquel dolor, sacrificándole ellos la remota probabilidad de vida que yo pudiera aún conservar allá abajo. Lo cual, hiriendo mi doble vanidad de muerto y de vivo, avivó mi sed de venganza.

Media hora después mamá volvió a preguntar por mí, respondiéndole Celia con tan pobre diplomacia, que mamá tuvo en seguida la seguridad de una catástrofe.

—¡Eduardo, mi hijo! —clamó arrancándose de las manos de su hermana que pretendía sujetarla, y precipitándose a la quinta.

—¡Mi hijo! ¡Mi hijo! ¡Alfonso!

Alfonso corrió a su encuentro, deteniéndola al ver que se dirigía al pozo. Mamá no pensaba en nada concreto; pero al ver el gesto horrorizado de su hermano, recordó entonces mi exclamación de una hora antes y lanzó un espantoso alarido.

—¡Ay! ¡Mi hijo! ¡Se ha matado! ¡Déjame, déjame! ¡Mi hijo, Alfonso! ¡Me lo has muerto!

Se llevaron a mamá sin sentido. No me había conmovido en lo más mínimo la desesperación de mamá, puesto que yo —motivo de aquélla— estaba en verdad vivo y bien vivo, jugando simplemente con mis ocho años con la emoción, a manera de los grandes que usan de las sorpresas semitrágicas: ¡el gusto que va a tener cuando me vea!

Entre tanto, gozaba yo íntimo deleite con el fracaso del padrastrillo.

—¡Hum!. . . ¡Pegarme! —rezongaba yo, aún bajo la hojarasca. Levantándome entonces con cautela, senté me en cuclillas en mi cubil y recogí la famosa pipa bien guardaba entre el follaje. Aquel era el momento de dedicar toda mi seriedad a agotar la pipa.

El humo de aquel tabaco humedecido, seco, vuelto a humedecer y resecar infinitas veces, tenía en aquel momento un gusto a cumbarí, solución Coirre y sulfato de soda, mucho más ventajoso que la primera vez. Emprendí, sin embargo, la tarea que sabía dura, con el ceño contraído y los dientes crispados sobre la boquilla.

Fumé, quiero creer que la cuarta pipa. Sólo recuerdo que al final el cañaveral se puso completamente azul y comenzó a danzar a dos dedos de mis ojos. Dos o tres martillos de cada lado de la cabeza comenzaron a destrozarme las sienes, mientras el estómago, instalado en plena boca, aspiraba él mismo directamente las últimas bocanadas de humo.

▼▼▼

Volví en mí cuando me llevaron en brazos a casa. A pesar de lo horriblemente enfermo que me encontraba, tuve el tacto de continuar dormido, por lo que pudiera pasar. Sentí los brazos delirantes de mamá, sacudiéndome.

—¡Mi hijo querido! ¡Eduardo, mi hijo! ¡Ah, Alfonso, nunca te perdonaré el dolor que me has causado!

—¡Pero, vamos! —decíale mi tía mayor—, ¡no seas loca, Mercedes! ¡Ya ves que no tiene nada!

—¡Ah! —repuso mamá llevándose las manos al corazón en un inmenso suspiro—. ¡Sí, ya pasó! . . . Pero dime, Alfonso, ¿cómo pudo no haberse hecho nada? ¡Ese pozo, Dios mío! . . .

El padrastrillo, quebrantado a su vez, habló vagamente de desmoronamiento, tierra blanda, prefiriendo dejar para un momento de mayor calma la solución verdadera, mientras la pobre mamá no se percataba de la horrible infección de tabaco que exhalaba su suicida.

Abrí al fin los ojos, me sonreí y volví a dormirme, esta vez honrada y profundamente.

Tarde ya, el tío Alfonso me despertó.

—¿Qué merecerías que te hiciera? —me dijo con sibilante rencor—. ¡Lo que es mañana, le cuento todo a tu madre, y ya verás lo que son gracias!

Yo veía aún bastante mal, las cosas bailaban un poco, y el estómago continuaba todavía adherido a la garganta. Sin embargo, le respondí:

—¡Si le cuentas algo a mamá, lo que es esta vez te juro que me tiro!

Los ojos de un joven suicida que fumó heroicamente su pipa, ¿expresan acaso desesperado valor?

Es posible que sí. De todos modos el padrastrillo, después de mirarme fijamente, se encogió de hombros, levantando hasta mi cuello la sábana un poco caída.

—Me parece que mejor haría en ser amigo de este microbio —murmuró.

—Creo lo mismo —le respondí.

Y me dormí.

La meningitis y su sombra

No vuelvo de mi sorpresa. ¿Qué diablos quiere decir la carta de Funes, y luego la charla del médico? Confieso no entender una palabra de todo esto.

He aquí las cosas. Hace cuatro horas, a las siete de la mañana, recibo una tarjeta de Funes, que dice así:

Estimado amigo:
   Si no tiene inconveniente, le ruego que pase esta noche por casa. Si tengo tiempo iré a verlo antes. Muy suyo.

Luis María Funes.

Aquí ha comenzado mi sorpresa. No se invita a nadie, que yo sepa, a las siete de la mañana para una presunta conversación en la noche, sin un motivo serio. ¿Qué me puede querer Funes? Mi amistad con él es bastante vaga, y en cuanto a su casa, he estado allí una sola vez. Por cierto que tiene dos hermanas bastante monas.

Así, pues, he quedado intrigado. Esto en cuanto a Funes. Y he aquí que una hora después, en el momento en que salía de casa, llega el doctor Ayestarain, otro sujeto de quien he sido condiscípulo en el Colegio Nacional y con quien tengo en suma la misma relación a lo lejos que con Funes.

Y el hombre me habla de a, y b y c, para concluir:

—Veamos, Durán: usted comprende de sobra que no he venido a verlo a esta hora para hablarle de pavadas; ¿no es cierto?

—Me parece que sí —no pude menos que responderle.

—Es claro. Así, pues, me va a permitir una pregunta, una sola. Todo lo que tenga de indiscreta, se lo explicaré en seguida. ¿Me permite?

—Todo lo que quiera —le respondí francamente, aunque poniéndome al mismo tiempo en guardia.

Ayestarain me miró entonces sonriendo, como se sonríen los hombres entre ellos, y me hizo esta pregunta disparatada:

—¿Qué clase de inclinación siente usted hacia María Elvira Funes?

¡Ah, ah! ¡Por aquí andaba la cosa, entonces! ¡María Elvira Funes, hermana de Luis María Funes, todos en María! ¡Pero si apenas conocía a esa persona! Nada extraño, pues, que mirara al médico como quien mira a un loco.

—¿María Elvira Funes? —repetí—. Ningún grado ni ninguna inclinación. La conozco apenas. Y ahora . . .

—No, permítame —me interrumpió—. Le aseguro que es una cosa bastante seria . . . ¿Me podría dar palabra de compañero de que no hay nada entre ustedes dos?

—¡Pero está loco! —le dije al fin—. ¡Nada, absolutamente nada! Apenas la conozco, vuelvo a repetirlo, y no creo que ella se acuerde de haberme visto jamás. He hablado un minuto con ella, ponga dos, tres, en su propia casa, y nada más. No tengo, por lo tanto, le repito por décima vez, inclinación particular hacia ella.

—Es raro, profundamente raro . . . —murmuró el hombre, mirándome fijamente.

Comenzaba ya a serme pesado el galeno, por eminente que fuese —y lo era— pisando un terreno con el que nada tenían que ver sus aspirinas.

—Creo que tengo ahora el derecho . . .

Pero me interrumpió de nuevo:

—Sí, tiene derecho de sobra . . . ¿Quiere esperar hasta esta noche? Con dos palabras podrá comprender que el asunto es de todo, menos de broma . . . La persona de quien hablamos está gravemente enferma, casi a la muerte . . . ¿Entiende algo? —concluyó mirándome bien los ojos.

Yo hice lo mismo con él durante un rato.

—Ni una palabra —le contesté.

—Ni yo tampoco —apoyó encogiéndose de hombros—. Por eso le he dicho que el asunto es bien serio . . . Por fin esta noche sabremos algo. ¿Irá allá? Es indispensable.

—Iré —le dije, encogiéndome a mi vez de hombros.

Y he aquí por qué he pasado todo el día preguntándome como un idiota qué relación puede existir entre la enfermedad gravísima de una hermana de Funes, que apenas me conoce, y yo, que la conozco apenas.

▼▼▼

Vengo de lo de Funes. Es la cosa más extraordinaria que haya visto en mi vida. Metempsicosis, espiritismos, telepatías y demás absurdos del mundo interior, no son nada en comparación de éste, mi propio absurdo, en que me veo envuelto. Es un pequeño asunto para volverse loco. Véase:

Fui a lo de Funes. Luis María me llevó al escritorio. Hablamos un rato, esforzándonos como dos zonzos —puesto que comprendiéndolo así evitábamos mirarnos—, en charlar de bueyes perdidos. Por fin entró Ayestarain, y Luis María salió, dejándome sobre la mesa el paquete de cigarrillos, pues se me habían concluido los míos. Mi ex condiscípulo me contó entonces lo que en resumen es esto:

Cuatro o cinco noches antes, al concluir un recibo en su propia casa, María Elvira se había sentido mal —cuestión de un baño demasiado frío esa tarde, según opinión de la madre. Lo cierto es que había pasado la noche fatigada, y con buen dolor de cabeza. A la mañana siguiente, mayor quebranto, fiebre; y a la noche, una meningitis, con todo su cortejo. El delirio, sobre todo, franco y prolongado a más no pedir. Concomitantemente, una ansiedad angustiosa, imposible de calmar. Las proyecciones psicológicas del delirio, por decirlo así, se erigieron y giraron desde la primera noche alrededor de un solo asunto, uno solo, pero que absorbe su vida entera. Es una obsesión —prosiguió Ayestarain— una sencilla obsesión a 41°. La enferma tiene constantemente fijos los ojos en la puerta, pero no llama a nadie. Su estado nervioso se resiente de esa muda ansiedad que la está matando, y desde ayer hemos pensado con mis colegas en calmar eso . . .

No puede seguir así. ¿Y sabe usted —concluyó— a quién nombra cuando el sopor la aplasta?

—No sé . . . —le respondí, sintiendo que mi corazón cambiaba bruscamente de ritmo.

—A usted —me dijo, pidiéndome fuego.

Quedamos, bien se comprende, un rato mudos.

—¿No entiende todavía? —dijo al fin.

—Ni una palabra . . . —murmuré aturdido, tan aturdido como puede estarlo un adolescente que a la salida del teatro ve a la primera gran áctriz que desde la penumbra del coche mantiene abierta hacia él la portezuela . . . Pero yo tenía ya casi treinta años, y pregunté al médico qué explicación se podía dar de eso.

—¿Explicación? Ninguna. Ni la más mínima. ¿Qué quiere usted que se sepa de eso? Ah, bueno . . . Si quiere una a toda costa, supóngase que en una tierra hay un millón, dos millones de semillas distintas, como en cualquier parte. Viene un terremoto, remueve como un demonio todo eso, tritura el resto, y brota una semilla, una cualquiera, de arriba o del fondo, lo mismo da. Una planta magnífica . . . ¿Le basta eso? No podría decirle una palabra más. ¿Por qué usted, precisamente, que apenas la conoce, y a quien la enferma no conoce tampoco más, ha sido en su cerebro delirante la semilla privilegiada? ¿Qué quiere que se sepa de esto?

—Sin duda . . . —repuse a su mirada, siempre interrogante, sintiéndome al mismo tiempo bastante enfriado al verme convertido en sujeto gratuito de divagación cerebral, primero, y en agente terapéutico, después.

En ese momento entró Luis María.

—Mamá lo llama —dijo al médico. Y volviéndose a mí, con una sonrisa forzada:

—¿Lo enteró Ayestarain de lo que pasa? . . . Sería cosa de volverse loco con otra persona . . .

Eso de *otra persona* merece una explicación. Los Funes, y en particular la familia de que comenzaba yo a formar tan ridícula parte, tienen un fuerte orgullo; por motivos de abolengo, supongo, y por su fortuna, que me parece lo más probable. Siendo así, se daban por pasablemente satisfechos con que las fantasías amorosas del hermoso retoño se hubieran detenido en mí: Carlos Durán, ingeniero, en vez de mariposear sobre un sujeto cualquiera de insuficiente posición social. Así, pues, agradecí en mi fuero interno el distingo de que me hacía honor el joven patricio.

—Es extraordinario . . . —recomenzó Luis María, haciendo correr con disgusto los fósforos sobre la mesa. Y un momento después, con una nueva sonrisa forzada:

—¿No tendría inconveniente en acompañarnos un rato? ¿Ya sabe, no? Creo que vuelve Ayestarain.

En efecto, éste entraba.

—Empieza otra vez . . . —sacudió la cabeza mirando únicamente a Luis María. Luis María se dirigió entonces a mí con la tercera sonrisa forzada de esa noche:

—¿Quiere que vayamos?

—Con mucho gusto —le dije. Y fuimos.

Entró el médico sin hacer ruido, entró Luis María, y por fin entré yo, todos con cierto intervalo. Lo que primero me chocó, aunque debía haberlo esperado, fue la penumbra del dormitorio. La madre y la hermana, de pie, me miraron fijamente, respondiendo con una corta inclinación de cabeza a la mía, pues creí no deber pasar de allí. Ambas me parecieron mucho más altas. Miré la cama, y vi, bajo la bolsa de hielo, dos ojos abiertos vueltos a mí. Miré al médico, titubeando, pero éste me hizo una imperceptible seña con los ojos, y me acerqué a la cama.

Yo tengo alguna idea, como todo hombre, de lo que son dos ojos que nos aman, cuando uno se va acercando despacio a ellos. Pero la luz de aquellos ojos, la felicidad en que se iban anegando mientras me acercaba, el mareado relampagueo de dicha —hasta el estrabismo— cuando me incliné sobre ellos, jamás en un amor normal a 37 grados los volveré a hallar.

Balbuceó algunas palabras, pero con tanta dificultad de sus labios resecos que nada oí. Creo que me sonreí como un estúpido (¡qué iba a hacer, quiero que me digan!), y ella tendió entonces su brazo hacia mí. Su intención era tan inequívoca que le tomé la mano.

—Siéntese ahí —murmuró.

Luis María corrió el sillón hacia la cama y me senté.

Véase ahora si ha sido dado a persona alguna una situación más extraña y disparatada:

Yo, en primer término, puesto que era el héroe, teniendo en la mía una mano ardiente en fiebre y en un amor totalmente equivocado. En el lado opuesto, de pie, el médico. A los pies de la cama, sentado, Luis María. Apoyadas en el respaldo, en el fondo, la madre y la hermana. Y todos sin hablar, mirándonos con el ceño fruncido.

¿Qué iba a hacer? ¿Qué iba a decir? Preciso es que piensen un momento en esto. La enferma, por su parte, arrancaba a veces sus ojos de los míos y recorría con dura inquietud los rostros presentes uno tras otro, sin reconocerlos, para dejar caer otra vez su mirada sobre mí, confiada en profunda felicidad.

¿Qué tiempo estuvimos así? No sé; acaso media hora, acaso mucho más. Un momento intenté retirar la mano, pero la enferma la oprimió más entre la suya.

—Todavía no . . . —murmuró, tratando de hallar más cómoda postura a su cabeza. Todos acudieron, se estiraron las sábanas, se renovó el hielo, y otra vez los ojos se fijaron en inmóvil dicha. Pero de vez en cuando tornaban a apartarse inquietos y recorrían las caras desconocidas. Dos o tres veces miré exclusivamente al médico; pero éste bajó las pestañas, indicándome que esperara. Y tuvo razón al fin, porque de pronto, bruscamente, como un derrumbe de sueño, la enferma cerró los ojos y se durmió.

Salimos todos menos la hermana, que ocupó mi lugar en el sillón. No era fácil decir algo —yo al menos. La madre, por fin, se dirigió a mi con una triste y seca sonrisa:

—Qué cosa más horrible, ¿no? ¡Da pena!

¡Horrible, horrible! No era la enfermedad, sino la situación lo que les parecía horrible. Estaba visto que todas las galanterías iban a ser para mí en aquella casa. Primero el hermanito, luego la madre . . .

—Ayestarain, que nos había dejado un instante, salió muy satisfecho del estado de la enferma; descansaba con una placidez desconocida aún. La madre miró a otro lado, y yo miré al médico: podía irme, claro que sí, y me despedí.

He dormido mal, lleno de sueños que nada tienen que ver con mi habitual vida. Y la culpa de ello está en la familia Funes, con Luis María, madre, hermanas, médicos y parientes colaterales. Porque si se concreta bien la situación, ella da lo siguiente:

Hay una joven de diecinueve años, muy bella sin duda alguna, que apenas me conoce y a quien yo le soy profunda y totalmente indiferente. Esto en cuanto a María Elvira. Hay, por otro lado, un sujeto joven también —ingeniero, si se quiere— que no recuerda haber pensado dos veces seguidas en la joven en cuestión. Todo esto es razonable, inteligible y normal.

Pero he aquí que la joven hermosa se enferma, de meningitis o cosa por el estilo, y en el delirio de la fiebre, única y exclusivamente en el delirio, se siente abrasada de amor. ¿Por un primo, un hermano de sus amigos, un joven mundano que ella conoce bien? No, señor; por mí.

¿Es esto bastante idiota? Tomo, pues, una determinación que haré conocer al primero de esa bendita casa que llegue hasta mi puerta.

—¡Sí, es claro! Como lo esperaba, Ayestarain estuvo este mediodía a verme. No pude menos que preguntarle por la enferma, y su meningitis.

—¿Meningitis? —me dijo—. ¡Sabe Dios lo que es! Al principio parecía, y anoche también . . . Hoy ya no tenemos idea de lo que será.

—Pero, en fin —objeté— siempre una enfermedad cerebral . . .

—Y medular, claro está . . . Con unas lesioncillas quién sabe dónde . . . ¿Usted entiende algo de medicina?

—Muy vagamente . . .

—Bueno; hay una fiebre remitente, que no sabemos de dónde sale . . . Era un caso para marchar a todo escape a la muerte . . . Ahora hay remisiones, tac-tac-tac, justas como un reloj . . .

—Pero el delirio —insistí— ¿existe siempre?

—¡Ya lo creo! Hay de todo allí . . . Y a propósito; esta noche lo esperamos.

Ahora me había llegado el turno de hacer medicina a mi modo. Le dije que mi propia sustancia había cumplido ya su papel curativo la noche anterior, y que no pensaba ir más.

Ayestarain me miró fijamente:

—¿Por qué? ¿Qué pasa?

—Nada, sino que no creo sinceramente ser necesario allá . . .

Dígame: ¿usted tiene idea de lo que es estar en una posición humi-
llantemente ridícula; sí o no?

—No se trata de eso . . .

—Sí, se trata de eso, de desempeñar un papel estúpido . . .
¡Curioso que no comprenda!

—Comprendo de sobra . . . Pero me parece algo así como . . .
—no se ofenda— cuestión de amor propio.

—¡Muy lindo! —salté—. ¡Amor propio! ¡Y no se les ocurre otra
cosa! Les parece cuestión de amor propio ir a sentarse como un idiota para que me tomen la mano la noche entera ante toda la parentela
con el ceño fruncido. Si a ustedes les perece una simple cuestión de
amor propio, arréglense entre ustedes. Yo tengo otras cosas que
hacer.

Ayestarain comprendió, al parecer, la parte de verdad que había
en lo anterior, porque no insistió y hasta que se fue no volvimos a
hablar del asunto.

Todo esto está bien. Lo que no lo está tanto es que hace diez
minutos acabo de recibir una esquela del médico, así concebida:

Amigo Ourán:

*Con todo su bagaje de rencores, nos es indispensable esta noche.
Supóngase una vez más que usted hace de cloral, veronal, el hipnóti-
co que menos le irrite los nervios, y véngase.*

Dije un momento antes que lo malo era la precedente carta. Y
tengo razón, porque desde esta mañana no espero sino esa carta . . .

Durante siete noches consecutivas —de once a una de la mañana, momento en que remitía la fiebre, y con ella el delirio— he permanecido al lado de María Elvira Funes, tan cerca como pueden
estarlo dos amantes. Me ha tendido a veces su mano como la primera
noche, y otras se ha preocupado de deletrear mi nombre, mirándome. Sé a ciencia cierta, pues, que me ama profundamente en ese estado, no ignorando tampoco que en sus momentos de lucidez no tiene
la menor preocupación por mi existencia, presente o futura. Esto crea
así un caso de psicología singular de que un novelista podría sacar
algún partido. Por lo que a mí se refiere, sé decir que esta doble vida
sentimental me ha tocado fuertemente el corazón. El caso es éste:

María Elvira, si es que acaso no lo he dicho, tiene los ojos más admirables del mundo. Está bien que la primera noche yo no viera en su mirada sino el reflejo de mi propia ridiculez de remedio inocuo. La segunda noche sentí menos mi insuficiencia real. La tercera vez no me costó esfuerzo alguno sentirme el ente dichoso que simulaba ser, y desde entonces vivo y sueño ese amor con que la fiebre enlaza su cabeza y la mía.

¿Qué hacer? Bien sé que todo esto es transitorio, que de día ella no sabe quién soy, y que yo mismo acaso no la ame cuando la vea de pie. Pero los sueños de amor, aunque sean de dos horas y a 40°, se pagan en el día, y mucho me temo que si hay una persona en el mundo a la cual esté expuesto a amar a plena luz, ella no sea mi vano amor nocturno . . . Amo, pues, una sombra, y pienso con angustia en el día en que Ayestarain considere a su enferma fuera de peligro, y no precise más de mí.

Crueldad esta que apreciarán en toda su cálida simpatía, los hombres que están enamorados —de una sombra o no.

Ayestarain acaba de salir. Me ha dicho que la enferma sigue mejor, y que mucho se equivoca o me veré uno de estos días libre de la presencia de María Elvira.

—Sí, compañero —me dice—. Libre de veladas ridículas, de amores cerebrales y ceños fruncidos . . . ¿Se acuerda?

Mi cara no debe expresar suprema alegría, porque el taimado galeno se echa a reír y agrega:

—Le vamos a dar en cambio una compensación . . . Los Funes han vivido estos quince días con la cabeza en el aire, y no extrañe, pues, si han olvidado muchas cosas, sobre todo en lo que a usted se refiere . . . Por lo pronto, hoy cenamos allá. Sin su bienaventurada persona, dicha sea de paso, y el amor de marras, no sé en qué hubiera acabado aquello . . . ¿Qué dice usted?

—Digo —le he respondido— que casi estoy tentado de declinar el honor que me hacen los Funes, admitiéndome a su mesa.

Ayestarain se echó a reír.

—¡No embrome! . . . Le repito que no sabían dónde tenían la cabeza . . .

—Pero para opio y morfina, y calmante de mademoiselle, sí, ¿eh? ¡Para eso no se olvidaban de mí!

Mi hombre se puso serio y me miró detenidamente.

—¿Sabe lo que pienso, compañero?

—Diga.

—Que usted es el individuo más feliz de la tierra.

—¿Yo, feliz? . . .

—O más suertudo. ¿Entiende ahora?

Y quedó mirándome. ¡Hum! —me dije a mí mismo—: O yo soy un idiota, que es lo más posible, o este galeno merece que lo abrace hasta romperle el termómetro dentro del bolsillo. El maligno tipo sabe más de lo que parece, y acaso, acaso . . . Pero vuelvo a lo idiota, que es lo más seguro.

—¿Feliz? . . . —repetí, sin embargo—. ¿Por el amor estrafalario que usted ha inventado con su meningitis?

Ayestarain tornó a mirarme fijamente, pero esta vez creía notar un vago, vaguísimo dejo de amargura.

—Y aunque no fuera más que eso, grandísimo zonzo . . . —ha murmurado, cogiéndome del brazo para salir.

En el camino —hemos ido al Águila, a tomar el vermouth— me ha explicado bien claro tres cosas.

1º Que mi presencia al lado de la enferma era absolutamente necesaria, dado el estado de profunda excitación —depresión, todo en uno, de su delirio—. 2º Que los Funes lo habían comprendido así, ni más ni menos, a despecho de lo raro, subrepticio e inconveniente que pudiera parecer la aventura, constándoles, está claro, lo artificial de todo aquel amor. 3º Que los Funes han confiado sencillamente en mi educación, para que me dé cuenta —sumamente clara— del sentido terapéutico que ha tenido mi presencia ante la enferma, y la de la enferma ante mí.

—Sobre todo lo último, ¿eh? —he agregado a guisa de comentario—. El objeto de toda esta charla es éste: que no vaya yo jamás a creer que María Elvira siente la menor inclinación real hacia mí. ¿Es eso?

—¡Claro! —se ha encogido de hombros el médico—. Póngase usted en lugar de ellos ...

Y tiene razón el bendito hombre. Porque a la sola probabilidad de que ella ...

Anoche cené en casa de Funes. No era precisamente una comida alegre, si bien Luis María, por lo menos, estuvo muy cordial conmigo. Querría decir lo mismo de la madre, pero por más esfuerzos que hacía para tornarme grata la mesa, evidentemente no ve en mí sino a un intruso a quien en ciertas horas su hija prefiere un millón de veces. Está celosa, y no debemos condenarla. Por lo demás, se alternaban con su hija para ir a ver la enferma. Ésta había tenido un buen día, tan bueno que por primera vez después de quince días no hubo esa noche subida seria de fiebre, y aunque me quedé hasta la una por pedido de Ayestarain, tuve que volverme a casa sin haberla visto un instante. ¿Se comprende esto? ¡No verla en todo el día! ¡Ah! Si por bendición de Dios, la fiebre de 40°, 80°, 120°, cualquier fiebre, cayera esta noche sobre su cabeza ...

¡Y aquí está!: esta sola línea del bendito Ayestarain:

Delirio de nuevo. Venga en seguida.

Todo lo antedicho es suficiente para enloquecer bien que mal a un hombre discreto. Véase esto ahora:

Cuando entré anoche, María Elvira me tendió su brazo como la primera vez. Acostó su cara sobre la mejilla izquierda, y cómoda así, fijó los ojos en mí. No sé qué me decían sus ojos: posiblemente me daban toda su vida y toda su alma en una entrega infinitamente dichosa. Sus labios me dijeron algo, y tuve que inclinarme para oír:

—Soy feliz —se sonrió.

Pasado un momento sus ojos me llamaron de nuevo, y me incliné otra vez.

—Y después ... —murmuró apenas, cerrando los ojos con lentitud. Creo que tuvo una súbita fuga de ideas. Pero la luz, la insensata luz que extravía la mirada en los relámpagos de felicidad, inundó de nuevo sus ojos. Y esta vez oí bien claro, sentí claramente sobre mi rostro esta pregunta:

—Y cuando sane y no tenga más delirio . . . ¿me querrás todavía?

¡Locura que se ha sentado a horcajadas sobre mi corazón! *¡Después!* ¡Cuando no tenga *más delirio!* Pero, ¿estamos todos locos en la casa, o había allí, proyectado fuera de mí mismo, un eco a mi incesante angustia del *después?* ¿Cómo es posible que ella dijera eso? ¿Había meningitis o no? ¿Había delirio o no? Luego mi María Elvira . . .

No sé qué contesté; presumo que cualquier cosa para escandalizar a la parentela completa si me hubieran oído. Pero apenas había murmurado yo; apenas había murmurado ella con una sonrisa . . . y se durmió.

De vuelta a mi casa, mi cabeza era un vértigo vivo, con locos impulsos de saltar al aire y lanzar alaridos de felicidad. ¿Quién, de entre nosotros, puede jurar que no hubiera sentido lo mismo? Porque las cosas para ser claras, deben ser planteadas así: la enferma con delirio, por una aberración psicológica cualquiera, ama *únicamente* en su delirio, a X. Esto por un lado. Por el otro, el mismo X, que desgraciadamente para él no se siente con fuerzas para concretarse exclusivamente a su papel medicamentoso. Y he aquí que la enferma, con su meningitis y su inconciencia —su incontestable inconciencia— murmura a nuestro amigo:

Y cuando no tenga más delirio . . . ¿me querrás todavía?

Esto es lo que yo llamo un pequeño caso de locura, claro y rotundo. Anoche, cuando llegaba a casa, creí un momento haber hallado la solución, que sería ésta: María Elvira, en su fiebre, soñaba que estaba despierta. ¿A quién no ha sido dado soñar que está soñando? Ninguna explicación más sencilla, claro está.

Pero cuando por pantalla de ese amor mentido hay dos ojos inmensos, que empapándonos de dicha se anegan ellos mismos en un amor que no se puede mentir, cuando se ha visto a esos ojos recorrer con dura extrañeza los rostros familiares para caer en extática felicidad ante uno mismo, pese al delirio y cien mil delirios como ése, uno tiene el derecho de soñar toda la noche con aquel amor, o, seamos más explícitos: con María Elvira Funes.

¡Sueño, sueño, y sueño! Han pasado dos meses, y creo a veces soñar aún. ¿Fui yo o no, por Dios bendito, aquel a quien se le tendió la mano, y el brazo desnudo hasta el codo, cuando la fiebre tornaba hostiles aun los rostros bien amados de la casa? ¿Fui yo o no el que apaciguó en sus ojos, durante minutos inmensos de eternidad, la mirada marcada de amor de mi María Elvira?

Sí, fui yo. Pero eso está acabado, concluido, finalizado, muerto, inmaterial, como si nunca hubiera sido. Y sin embargo...

Volví a verla veinte días después. Ya estaba sana, y cené con ellos. Hubo al principio una evidente alusión a los desvaríos sentimentales de la enferma, todo con gran tacto de la casa, en lo que cooperé cuanto me fue posible, pues en esos veinte días transcurridos no había sido mi preocupación menor, pensar en la discreción de que debía yo hacer gala en esa primera entrevista.

Todo fue a pedir de boca, no obstante.

—Y usted —me dijo la madre sonriendo—, ¿ha descansado del todo de las fatigas que le hemos dado?

—¡Oh, eran muy poca cosa!... Y aun —concluí riendo también— estaría dispuesto a soportarlas de nuevo...

María Elvira se sonrió a su vez.

—Usted sí; pero yo, no, ¡le aseguro!

La madre la miró con tristeza:

—¡Pobre, mi hija! Cuando pienso en los disparates que se te han ocurrido... En fin —se volvió a mí con agrado—. Usted es ahora, podríamos decir, de la casa, y le aseguro que Luis María lo estima muchísimo.

El aludido me puso la mano en el hombro y me ofreció cigarrillos.

—Fume, fume, y no haga caso.

—¡Pero, Luis María —le reprochó la madre, semiseria—, cualquiera creería al oírte que le estamos diciendo mentiras a Durán!

—No, mamá; lo que dices está perfectamente bien dicho; pero Durán me entiende.

Lo que yo entendía era que Luis María quería cortar con amabilidades más o menos sosas; pero no se lo agradecí en lo más mínimo.

Entre tanto, cuantas veces podía, sin llamar la atención, fijaba los ojos en María Elvira. ¡Al fin! Ya la tenía ante mí sana, bien sana. Había amado una sombra, o más bien dicho, dos ojos y treinta centímetros de brazo, pues el resto era una larga mancha blanca. Y de aquella penumbra, como de un capullo taciturno, indiferente y alegre, que no me conocía. Me miraba como se mira a un amigo de la casa, en el que es preciso detener un segundo los ojos cuando se cuenta algo o se comenta una frase risueña. Pero nada más. Ni el más leve rastro de lo pasado, ni siquiera afectación de no mirarme, con lo que había yo contado como último triunfo de mi juego. Era un sujeto — no digamos sujeto, sino ser — absolutamente desconocido para ella. Y piénsese ahora en la gracia que me hacía recordar, mientras la miraba, que una noche esos mismos ojos ahora frívolos me habían dicho a ocho dedos de los míos:

—Y cuando esté sana . . . ¿me querrás todavía?

¡A qué buscar luces, fuegos fatuos de una felicidad muerta, sellada a fuego en el cofrecillo hormigueante de una fiebre cerebral! Olvidarla . . . Siendo lo que hubiera deseado, era precisamente lo que no podía hacer.

Más tarde, en el hall, hallé modo de aislarme con Luis María, mas colocando a éste entre María Elvira y yo; podía así mirarla impunemente, so pretexto de que mi vista iba naturalmente más allá de mi interlocutor. Y es extraordinario cómo su cuerpo, desde el más alto cabello de su cabeza al tacón de sus zapatos, era un vivo deseo, y cómo al cruzar el hall para ir adentro, cada golpe de su falda contra el charol iba arrastrando mi alma como un papel.

Volvió, se sonrió, cruzó rozando a mi lado, sonriéndome forzosamente, pues estaba a su paso, mientras yo, como un idiota, continuaba soñando con una súbita detención a mi lado, y no una, sino dos manos, puestas sobre mis sienes.

Y bien, ahora que me has visto de pie, ¿me quieres todavía?

¡Bah! Muerto, bien muerto me despedí y oprimí un instante aquella mano fría, amable y rápida.

Hay, sin embargo, una cosa absolutamente cierta, y es ésta: María Elvira puede no recordar lo que sintió en sus días de fiebre; admito esto. Pero está perfectamente enterada de lo que pasó, por los cuentos posteriores. Luego, es imposible que yo esté para ella desprovisto del menor interés. De encantos —¡Dios me perdone!— todo lo que ella quiera. Pero de interés, el hombre con quien se ha soñado veinte noches seguidas, eso no. Por lo tanto, su perfecta indiferencia a mi respecto no es racional. ¿Qué ventajas, qué remota posibilidad de dicha puede reportarme comprobar eso? Ninguna, que yo vea. María Elvira se precave así contra mis posibles pretensiones por aquello; he aquí todo.

En lo que no tiene razón. Que me guste desesperadamente, muy bien. Pero que vaya yo a exigir el cumplimiento de un pagaré de amor firmado sobre una carpeta de meningitis, ¡diablos!, eso no.

Nueve de la mañana. No es hora sobremanera decente de acostarse, pero así es. Del baile de la casa de Rodríguez Peña a Palermo. Luego al bar. Todo perfectamente solo. Y ahora a la cama.

Pero no sin disponerme a concluir el paquete de cigarrillos, antes de que el sueño venga. Y aquí está la causa: bailé anoche con María Elvira. Y después de bailar, hablamos así:

—Estos puntitos en la pupila —me dijo, frente uno del otro en la mesita del buffet— no se han ido aún. No sé qué será . . . Antes de mi enfermedad no los tenía.

Precisamente nuestra vecina de mesa acababa de hacerle notar ese detalle. Con lo que sus ojos no quedaban sino más luminosos.

Apenas comencé a responderle, me di cuenta de la caída; pero ya era tarde . . .

—Sí —le dije, observando sus ojos—, me acuerdo que antes no los tenía . . .

Y miré a otro lado. Pero María Elvira se echó a reír:

—Es cierto; usted debe saberlo más que nadie.

¡Ah! ¡Qué sensación de inmensa losa derrumbada por fin sobre mi pecho! ¡Era posible hablar de eso, por fin!

—Eso creo —repuse—. Más que nadie, no sé . . . Pero sí; en el momento a que se refiere, ¡más que nadie, con seguridad!

Me detuve de nuevo; mi voz comenzaba a bajar demasiado de tono.

—¡Ah, sí! —se sonrió María Elvira. Apartó los ojos, seria ya, alzándolos a las parejas que pasaban a nuestro lado.

Corrió un momento, para ella de perfecto olvido de lo que hablábamos, supongo, y de sombría angustia para mí. Pero sin bajar los ojos, como si le interesaran siempre los rostros que cruzaban en sucesión de film, agregó un instante después de costado:

—Cuando era mi amor, al parecer.

—Perfectamente bien dicho —le dije—. Su amor, *al parecer.*

Ella me miró entonces de pleno.

—No...

Y se calló.

—¿No... qué? Concluya.

—¿Para qué? Es una zoncera.

—No importa; concluya.

Ella se echó a reír:

—¿Para qué? En fin... ¿no supondra que no era *al parecer*?

—Es un insulto gratuito —le respondí—. Yo fui el primero en comprobar la exactitud de la cosa, cuando yo era su amor... *al parecer.*

—¡Y dale!... —murmuró. Pero a mi vez el demonio de la locura me arrastró tras aquel *¡y dale!* burlón, a una pregunta que nunca debiera haber hecho.

—Dígame, María Elvira —me incliné—, ¿usted no recuerda nada, no es cierto, nada de aquella ridícula historia?

Me miró muy seria, con altivez si se quiere, pero al mismo tiempo con atención, como cuando nos disponemos a oír cosas que a pesar de todo no nos disgustan.

—¿Qué historia? —dijo.

—La otra, cuando yo vivía a su lado... —lo hice notar con suficiente claridad.

—Nada... absolutamente nada.

—Veamos; míreme un instante...

—¡No, ni aunque lo mire!... —me lanzó una carcajada.

—¡No, no es eso!... Usted me ha mirado demasiado antes para

125

que yo no sepa . . . Quería decirle esto: ¿No se acuerda usted de haberme dicho algo . . . dos o tres palabras, nada más . . . la última noche que tuvo fiebre?

María Elvira contrajo las cejas un largo instante, y las levantó luego, más altas que lo natural. Me miró atentamente, sacudiendo la cabeza:

—No, no recuerdo . . .

—¡Ah! —me callé.

Pasó un rato. Vi de reojo que me miraba aún.

—¿Qué? . . . —murmuró.

—¿Qué . . . qué? —repetí.

—¿Qué le dije?

—Tampoco me acuerdo ya . . .

—Sí, se acuerda . . . ¿Qué le dije?

—No sé, se lo aseguro . . .

—Sí, sabe . . . ¿Qué le dije?

—¡Veamos! —me aproximé de nuevo a ella—. Si usted no recuerda absolutamente nada, puesto que todo era un alucinación de fiebre, ¿qué puede importarle lo que me haya o no dicho en su delirio?

El golpe era serio. Pero María Elvira no pensó en contestarlo, contentándose con mirarme un instante más y apartar la vista con una corta sacudida de hombros.

—Vamos —me dijo bruscamente—. Quiero bailar este vals.

—Es justo —me levanté—. El sueño de vals que bailábamos no tiene nada de divertido.

No me respondió. Mientras avanzábamos al salón, parecía buscar con los ojos a algunos de sus habituales compañeros de vals.

—¿Qué sueño de vals desagradable para usted? —me dijo de pronto, sin dejar de recorrer el salón con la vista.

—Un vals de delirio . . . no tiene nada que ver con esto —me encogí a mi vez de hombros.

Creí que no hablaríamos más esa noche. Pero aunque María Elvira no respondió una palabra, tampoco pareció hallar al compañero ideal que buscaba. De modo que, deteniéndose, me dijo con una sonrisa forzada —la ineludible forzada sonrisa que campeó sobre toda aquella historia:

—Si quiere, entonces, baile este vals con su amor . . .

— . . . *al parecer:* No agrego una palabra más —repuse, pasando la mano por su cintura.

Un mes más transcurrido. ¡Pensar que la madre, Angélica y Luis María están para mí llenos ahora de poético misterio! La madre es, desde luego, la persona a quien María Elvira tutea y besa más íntimamente.

Su hermana la ha visto desvestirse. Luis María, por su parte, se permite pasarle la mano por la barbilla cuando entra y ella está sentada de espaldas. Tres personas bien felices, como se ve, e incapaces de apreciar la dicha en que se ven envueltas.

En cuanto a mí, me paso la vida llevando cigarros a la boca como quien quema margaritas: ¿me quiere?, ¿no me quiere?

Después del baile en lo de Peña, he estado con ella muchas veces —en su casa, desde luego, todos los miércoles—.

Conserva su mismo círculo de amigos, sostiene a todos con su risa, y flirtea admirablemente cuantas veces se lo proponen. Esto cuando está con los otros. Pero cuando está conmigo entonces no aparta los ojos de ellos.

¿Es esto razonable? No, no lo es. Y por eso tengo desde hace un mes una buena laringitis, a fuerza de ahumarme la garganta.

Anoche, sin embargo, he tenido un momento de tregua. Era miércoles. Ayestarain conversaba conmigo, y una breve mirada de María Elvira, lanzada hacia nosotros por sobre los hombros del cuádruple flirt que la rodeaba, puso su espléndida figura en nuestra conversación. Hablamos de ella, y fugazmente, de la vieja historia. Un rato después, María Elvira se detuvo ante nosotros.

—¿De qué hablaban?

—De muchas cosas; de usted en primer término —respondió el médico.

—Ah, ya me parecía . . . —y recogiendo hacia ella un silloncito romano, se sentó cruzada de piernas, el busto tendido hacia adelante, con la cara sostenida en la mano.

—Sigan; ya escucho.

—Contaba a Durán —dijo Ayestarain— que casos como el que le ha pasado a usted en su enfermedad son raros, pero hay algunos. Un autor inglés, no recuerdo cuál, cita uno. Solamente que es más feliz que el suyo.

—¿Más feliz? ¿Y por qué?

—Porque en aquél no hay fiebre, y ambos se aman en sueños. En cambio, en este caso, usted era únicamente quien amaba . . .

¿Dije ya que la actitud de Ayestarain me había parecido siempre un tanto tortuosa respecto de mí? Si no lo dije, tuve en aquel momento un fulminante deseo de hacérselo sentir, no solamente con la mirada.

Algo, no obstante, de ese anhelo debió percibir en mis ojos, porque se levantó riendo:

—Los dejo para que hagan las paces.

—¡Maldito bicho! —murmuré cuando se alejó.

—¿Por qué? ¿Qué le ha hecho?

—Dígame, María Elvira —exclamé—. ¿Le ha hecho el amor a usted alguna vez?

—¿Quién, Ayestarain?

—Sí, él.

Me miró titubeando al principio. Luego, plenamente en los ojos, seria.

—Sí —me contestó.

—¡Ah, ya me lo esperaba! . . . Por lo menos tiene suerte . . . —murmuré, ya amargado del todo.

—¿Por qué? —me preguntó.

Sin responderle, me encogí violentamente de hombros y miré a otro lado. Ella siguió mi vista. Pasó un momento.

—¿Por qué? —insistió, con esa obstinación pesada y distraída de las mujeres cuando comienzan a hallarse perfectamente a gusto con un hombre. Estaba ahora y estuvo durante los breves momentos que siguieron, de pie, con la rodilla sobre el silloncito. Mordía un papel —jamás supe de dónde pudo salir— y me miraba, subiendo y bajando imperceptiblemente las cejas.

—¿Por qué? —repuse al fin—. Porque él tiene por lo menos la suerte de no haber servido de títere ridículo al lado de una cama, y puede hablar seriamente, sin ver subir y bajar las cejas como si no se entendiera lo que digo . . . ¿Comprende ahora? . . .

María Elvira me miró unos instantes pensativa, y luego movió negativamente la cabeza, con su papel en los labios.

—¿Es cierto o no? —insistí, pero ya con el corazón a loco escape.

Ella tornó a sacudir la cabeza:

—No, no es cierto . . .

—¡María Elvira! —llamó Angélica de lejos.

Todos saben que la voz de los hermanos suele ser de lo más inoportuno. Pero jamás una voz fraternal ha caído como un diluvio de hielo y pez fría tan fuera de propósito como aquella vez.

María Elvira tiró el papel y bajó la rodilla.

—Me voy —me dijo riendo, con la risa que ya le conocía cuando afrontaba un flirt.

—¡Un solo momento! —le dije.

—¡Ni uno más! —me respondió alejándose ya y negando con la mano.

¿Qué me quedaba por hacer? Nada, a no ser tragar el papelito húmedo, hundir la boca en el hueco que había dejado su rodilla, y estrellar el sillón contra la pared. Y estrellarme en seguida yo mismo contra un espejo, por imbécil. La inmensa rabia de mí mismo me hacía sufrir, sobre todo. ¡Intuiciones viriles! ¡Psicologías de hombre corrido! ¡Y la primer coqueta cuya rodilla queda marcada allí, se burla de todo eso con una frescura sin par!

No puedo más. La quiero como un loco, y no sé —lo que es más amargo aún— si ella me quiere realmente o no. Además, sueño, sueño demasiado, y cosas por el estilo: íbamos del brazo por un salón, ella toda de blanco, y yo como un bulto negro a su lado. No había más que personas de edad en el salón, y todas sentadas, mirándonos pasar. Era, sin embargo, un salón de baile. Y decían de nosotros: *La meningitis y su sombra*. Me desperté, y volví a soñar: el tal salón de baile estaba frecuentado por los muertos diarios de una epidemia. El traje blanco de María Elvira era un sudario, y yo era la misma sombra de antes, pero tenía ahora por cabeza un termómetro. Éramos siempre: *La meningitis y su sombra.*

¿Qué puedo hacer con sueños de esta naturaleza? No puedo más. Me voy a Europa, a Norteamérica, a cualquier parte donde pueda olvidarla.

¿A qué quedarme? ¿A recomenzar la historia de siempre, quemándome solo, como un payaso, o a desencontrarnos cada vez que nos sentimos juntos? ¡Ah, no! Concluyamos con esto. No sé el bien que le podrá hacer a mis planos esta ausencia sentimental (¡y sí, sentimental!, aunque no quiera), pero quedarme sería ridículo, y estúpido, y no hay para qué divertir más a las María Elvira.

▼▼▼

Podría escribir aquí cosas pasablemente distintas de las que acabo de anotar, pero prefiero contar simplemente lo que pasó el último día en que vi a María Elvira.

Por bravata, o desafío a mí mismo, o quién sabe por qué mortuoria esperanza de suicidia, fui la tarde anterior de mi salida a despedirme de los Funes. Ya hacía diez días que tenía mis pasajes en el bolsillo —por donde se verá que desconfiaba de mí mismo—.

María Elvira estaba indispuesta —asunto de garganta o jaqueca— pero visible. Pasé un momento a la antesala a saludarla. Al verme se sorprendió un poco, aunque tuvo tiempo de echar una rápida ojeada al espejo. Tenía el rostro abatido, los labios pálidos, y los ojos hundidos de ojeras. Pero era ella siempre, más hermosa aún para mí porque la perdía.

Le dije sencillamente que me iba, y que le deseaba mucha felicidad.

Al principio no me comprendió.

—¿Se va? ¿Y adónde?

—A Norteamérica . . . Acabo de decírselo.

—¡Ah! —murmuró, marcando bien claramente la contracción de los labios. Pero en seguida me miró, inquieta.

—¿Está enfermo?

—¡Pst! . . . no precisamente . . . No estoy bien.

—¡Ah! —murmuró de nuevo. Y miró hacia afuera a través de los vidrios abriendo bien los ojos, como cuando uno pierde el pensamiento.

Por lo demás, llovía en la calle y la antesala no estaba clara.

Se volvió hacia mí.

—¿Por qué se va? —me preguntó.

—¡Hum! —me sonreí—. Sería muy largo, infinitamente largo de contar . . . En fin, me voy.

María Elvira fijó aún los ojos en mí y su expresión preocupada y atenta se tornó sombría. Concluyamos, me dije. Y adelantándome:

—Bueno, María Elvira . . .

Me tendió lentamente la mano, una mano fría y húmeda de jaqueca.

—Antes de irse —me dijo— ¿no me quiere decir por qué se va?

Su voz había bajado un tono. El corazón me latió locamente, pero como en un relámpago la vi ante mí, como aquella noche, alejándose riendo y negando con la mano: "No, ya estoy satisfecha" . . . ¡Ah, no, yo también! ¡Con aquello tenía bastante!

—¡Me voy —le dije bien claro— porque estoy hasta aquí de dolor, ridiculez y vergüenza de mí mismo! ¿Está contenta ahora?

Tenía aún su mano en la mía. La retiró, se volvió lentamente, quitó la música del atril para colocarla sobre el piano, todo con pausa y mesura, y me miró de nuevo con esforzada y dolorosa sonrisa:

—¿Y si yo . . . le pidiera que no se fuera?

—¡Pero, por Dios bendito! —exclamé—. ¡No se da cuenta de que me está matando con estas cosas! ¡Estoy harto de sufrir y echarme en cara mi infelicidad! ¿Qué ganamos, qué gana usted con estas cosas? ¡No, basta ya! ¿Sabe usted —agregué adelantándome— lo que usted me dijo aquella última noche de su enfermedad? ¿Quiere que se lo diga? ¿Quiere?

Quedó inmóvil, toda ojos.

—Sí, dígame . . .

—¡Bueno! Usted me dijo, y maldita sea la noche en que lo oí, usted me dijo bien claro esto: y —*cuando no tenga* —*más* —*de* —*li* —*rio, ¿me que* —*rrás toda* —*vi* —*a?* Usted tenía delirio aún, yo lo sé . . . Pero, ¿qué quiere que haga yo ahora? ¿Quedarme aquí a su lado, desangrándome vivo con su modo de ser, porque la quiero como un idiota? . . . Esto es bien claro también, ¿eh? ¡Ah, le aseguro que no es vida la que llevo! ¡No, no es vida!

Y apoyé la frente en los vidrios, deshecho, sintiendo que después de lo que había dicho, mi vida se derrumbaba para siempre jamás.

Pero era menester concluir y me volví: ella estaba a mi lado, y en sus ojos —como en un relámpago de felicidad esta vez—, vi en sus ojos resplandecer, marearse, sollozar, la luz de húmeda dicha que creía muerta ya.

—¡María Elvira! —exclamé, grité, creo—. ¡Mi amor querido! ¡Mi alma adorada!

Y ella, en silenciosas lágrimas de tormento concluido, vencida, entregada, dichosa, había hallado por fin sobre mi pecho, postura cómoda a su cabeza.

Y nada más. ¿Habría cosa más sencilla que todo esto? Yo he sufrido, es bien posible, llorado, aullado de dolor; debo creerlo porque así lo he escrito. ¡Pero qué endiabladamente lejos está todo esto! Y tanto más lejos porque —y aquí está lo más gracioso de esta nuestra historia— ella está aquí, a mi lado, leyendo con la cabeza sobre la lapicera lo que escribo. Ha protestado, bien se ve, ante no pocas observaciones mías; pero en honor del arte literario en que nos hemos engolfado con tanta frescura, se resigna como buena esposa. Por lo demás, ella cree conmigo que la impresión general de la narración reconstruida por etapas, es un reflejo bastante acertado de lo que pasó, sentimos y sufrimos. Lo cual para obra de un ingeniero, no está del todo mal.

En este momento María Elvira me interrumpe para decirme que la última línea escrita no es verdad: mi narración no sólo está bien, muy bien. Y como argumento irrefutable, me echa los brazos al cuello y me mira, no sé si a mucho más de cinco centímetros.

—¿Es verdad? —murmura, o arrulla, mejor dicho.

—¿Se puede poner arrulla? —le pregunto.

—¡Sí, y esto, y esto! —y me da un beso.

¿Qué más puedo añadir?

Índice

En todas partes del mundo, y en cualquier tema, la marca Penguin representa la calidad y la variedad—lo mejor en editoriales.

Para información completa y pedido de libros publicados por Penguin—incluyendo Pelicans, Puffins, Peregrines, y Penguin Classics—escríbanos a la dirección apropiada que sigue. Por favor note que por razones de derechos la selección de libros varia de país a país.

En el Reino Unido: Por favor escriba a *Dept. JC, Penguin Books Ltd, FREEPOST, West Drayton, Middlesex, UB7 OBR*

En los Estados Unidos: Por favor escriba a *Consumer Sales, Penguin USA, P.O. Box 999, Dept. 17109, Bergenfield, New Jersey 07621-0120.* Para usar las tarjetas VISA o MasterCard, llame a 1-800-253-6476 para pedir todos los libros de Penguin

En Canadá: Por favor escriba a *Penguin Books Canada Ltd, 10 Alcorn Avenue, Suite 300, Toronto, Ontario M4V 3B2*

En Australia: Por favor escriba a *Penguin Books Australia Ltd, P.O. Box 257, Ringwood, Victoria 3134*

En Nueva Zelandia: Por favor escriba a *Penguin Books (NZ) Ltd, Private Bag 102902, North Shore Mail Centre, Auckland 10*

En la India: Por favor escriba a *Penguin Books India Pvt Ltd, 706 Eros Apartments, 56 Nehru Place, New Delhi, 110 019*

En Holanda: Por favor escriba a *Penguin Books Nederland bv, Postbus 3507, NL-1001 AH Amsterdam*

En Alemania: Por favor escriba a *Penguin Books Deutschland GmbH, Metzlerstrasse 26, 60594 Frankfurt am Main*

En España: Por favor escriba a *Penguin Books S.A., Bravo Murillo 19, 1° B, 28015 Madrid*

En Italia: Por favor escriba a *Penguin Italia s.r.l., Via Felice Casati 20, I-20124 Milano*

En Francia: Por favor escriba a *Penguin France S.A., 17 rue Lejeune, F–31000 Toulouse*

En el Japón: Por favor escriba a *Penguin Books Japan, Ishikiribashi Building, 2–5–4, Suido, Bunkyo-ku, Tokyo 112*

En Grecia: Por favor escriba a *Penguin Hellas Ltd, Dimocritou 3, GR–106 71 Athens*

En Sudáfrica: Por favor escriba a *Longman Penguin Southern Africa (Pty) Ltd, Private Bag X08, Bertsham 2013*